希尼系列

U0889399

区线与环线

[爱尔兰] 谢默斯·希尼　著
Seamus Heaney

雷武铃　译

广西人民出版社

给安·萨德莱姆耶*

叫她奥古斯塔吧
因为我们在八月到来，从现在起
这个月的干草捆、黑莓和全部出产
将散发出奥古斯塔赠礼的气息**。

* Ann Saddlemyer，批评家、传记作家、学者。她先是把格兰摩尔的房子租给希尼，然后在1988年卖给了希尼。希尼在《踏脚石》中说过“对于我，安是一个女性的奥古斯都”。

** 出自希尼的《格兰摩尔牧歌》。八月，August，是以罗马皇帝奥古斯都（Augustus，前63—14）命名的月份，变成女性名字，就是Augusta。希尼这里写的是牧歌，罗马诗人维吉尔开创了牧歌传统，而维吉尔受到罗马皇帝奥古斯都慷慨的资助，所以希尼诗会有这些名字的联想。

目　录

芜菁切碎机

——给休伊·奥唐那修[1]

在徒手和铸铁的
年代，

钳夹式绞肉机
双飞轮压水泵的年代，

它把支脚扎入木桶
和污水槽之间，

夏天时，比体温
更热，在冬天，冷如

冬天自身的盔甲，
一块圆桶形的胸甲

① Hughie O'Donoghue（1953— ），英国现代主义画家。此诗的灵感来自作者参观画家的一次展览时所见到的一张老照片。就是《区线与环线》诗集2006年美国第一版精装本的封面照片。此诗就是题献给画家的。

防卫着挺立在
四条支撑的护腿上。

“这就是上帝看待生命的方式，”
它说，“从幼苗到切碎机”，

当把手转动
芜菁的头落下，喂入

里面活跃起来的刀片
“这是芜菁的循环”，

当它落下切碎出的劳什，
闪亮着一大桶又一大桶。

震　颤

挥动大铁锤时你站立的样子，
你的双膝锁定，你的后腰纹丝不动
像罗马龟甲阵的盾牌，脊柱和腰
成为紧绷的转动的胸腔的轴心；
那铁头装在大铁锤上的样子
像弯脚鞋楦一样强硬；
你高高举起，然后停顿片刻
蓄积着力量像蕴藏已久的怒火
将要完全释放的样子：你是不是感觉好极了？
你骨头里知道它，可以操控，
能随意克制，
第一锤可造就一堵空气之墙，
最后一锤难以承受地砸下
支撑的地面畏缩、颤抖在铁锤手柄之下？

波兰枕木

它们曾交叉成方形被铺设在铁轨下
我们与之一起生活，闻着纯木焦油味
直到它们被拆除，铺成路边景观，
被规整的绿地，半围半挡，
很快被耐寒地被植物和杂草爬满。
但随着这围挡在日晒雨淋中褪成白色
被冲刷的卵石路上并没一点污迹，
在它焦干的河床下
那些柏油皱缩和呻吟，我想象这柏油的脓液
在淤积，朝花园送去
那阴谋的轻风，当我躺下
听着卡斯尔道森[①]来的货运列车……
每一节缓慢的、咣咣响着的车厢，
之后，是铁锈，蓟，静默，天空。

---

① Castledawson，北爱尔兰德里郡西南部的一个小镇，希尼出生在这个小镇附近的木斯浜。

阿纳霍瑞什，1944

“我们正在杀猪，在美国人到来时。
星期二早晨，阳光和漫流的血水
洒满屠宰场外。沿着大路
他们从山上下来，应该听到了
尖利的猪叫声，然后听到叫声停顿，
看见我们戴着手套，围着围裙。
他们排成两队，肩上扛着枪，向前行进。
装甲车，坦克和敞篷吉普。
太阳晒黑的手和胳膊。无人认识，没名字，
朝诺曼底汇集。
　　　　　　　　　当时我们并不知道
他们前往哪里，我们站在那儿像小孩
在他们朝我们扔口香糖和成袋的彩色糖果时。”

给天堂里的麦克·乔伊斯[①]

一

衣物包换成工具包，
军装换成工装——
在农夫姻亲们中间
你有点不太着调，
你捆绑麦束的方式
成了乡间的笑谈，
但站在高高的脚手架上
你就显出了身手不凡——
一个复员的阿喀琉斯
从未当过杀手
而是世界上最强有力的
战地担架手，
你一转手就
抄起了砌砖的行当。

① Mick Joyce，希尼的姑父。

二

沙堆王子
灰浆桶重甲兵指挥官
监视着墙体，
用铅锤测量和用灰泥抹平砖缝
从用木桩标画出地基
到砌第一层砖到装檐口，
密切注视着
水平仪里的气泡眼
直到水泥凝固。
医务下士，
协助伤员使用便盆的人，扎绷带的人
转为民防人员，
起立，闪亮
穿着铜纽扣紧系的卡褐色制服。

三

你说起部队。
驻扎在沙漠里，
被飞机扫射又被救出
靠着毛毯刚折叠好的
层层保护
像田地里的捆包。
那时没有沙袋。
柔软之物保护了你。
你也说到了性，
像男人之间的谈话
当然地把我看成男子汉：
你说，英国人
会在星期天干那事
就在楼上，在大白天。

四

那砖刀的重量
让我暗自吃惊。
你举着它菱形的刀片
在空中一闪
砍开一块砖
然后转动它
温情地，轻松地。
然而在你让我去
把它洗净，晾干
你站在一边抽烟时，
它的铁那么重，
它倾斜的把手
那么厚长、唬人
我要两只手才能搬动。

五

“给天堂里的麦克·乔伊斯”——
这题目自然地出现在我心里。
麦克，我开头这行诗
如果不是出自空无，
就是出自遥远的某地：
一间卧室，明亮的早晨，
一个男人和一个女人，
他们背靠在床头
而我就坐在床脚。
那是你第一次休假，
一个陌生人抵达了
一座单层房子，
但天堂一般
足以让人一直待在那里。

小型机场

它首先变回杂草地，之后
再变为仓库和砖场（被称作
克里夫草地工业园），
它战时灰色的控制塔被重建装满玻璃

成了棱角分明的 CEO 风格别墅：
图姆机场变成了本地历史。
机库，跑道，弹药库，半桶形掩蔽棚，
周边带刺的铁丝网，都遗忘了，消失了。

但没遗失的是雏菊的芬芳
和新铺马路上热沥青的气味，1944 年
复活节星期一。还有那天下午两英里外
一年一度的图姆集市鲜亮的售货棚，

那因无法去到而更显明亮的一切。
我们没有廉价货摊，没有
风雨棚，无檐帽，或扎缎带的俗艳品：
世界在那里，而我们在别处，

不在那里，也不会去那里。麻雀可以飞落，
B-26轰炸机没有返回，但那天空
在被征收令篡夺的土地之上
守望和等待着——就像那天我和她

在机场边守望和等待着。
一种恐慌掠过，就像夜间飞行
见光即散的翅膀在白天飞掠过
看不见的上空：她会高升起来

随那飞行员从“雷电”战机发出的召唤走掉吗?
但她那方，作为回应，只是最轻微的
后挺僵直，仍牢牢地站在大地
同时她的手向下，紧紧握住我的手。

如果自我是一种定位，那么爱也如此：
确定方位，画出标记，选定基点，
选择，固执己见，决不动摇，保持距离
在这里和那里在此刻和那时，坚守立场。

任何事情都可能发生[①]

——仿贺拉斯《颂歌》第Ⅰ集，34

任何事情都可能发生。你知道朱庇特
几乎总要等到乌云密布之后
才投下他的闪电吗？然而，就在此刻
他驾驶他的闪电战车和飞马

穿过清澈湛蓝的天空。它撼动大地
和拥塞的阴间，冥河斯提克，
蜿蜒的溪流，大西洋海岸白身。
任何事情都可能发生，最高的塔楼

被倾覆，那些身在高处的人被吓倒，
被忽视的人得到重视。磨尖了喙的命运
俯冲，使空气喘动，从一个头上扯下羽冠，
把它血淋淋地放到另一个头上。

地面塌陷了。天空的重量
升离了阿特拉斯，像一只水壶的盖子。

① 此诗为美国“911事件”之后所写。

压顶石移动了，一切无法再安置好。

大地上的灰土和火蘑菇沸腾着汽化。

头 盔

是鲍比·布林的，他波士顿消防队员的礼物
红色字母的“BREEN”印在它
展开的扇状尾檐上，

汗水和发油的渍迹
染透了皱缩的海绵和减震网
就在帽盔之下——

更准确地说是冠冕，它真是冠冕——
真皮镶边，钢制帽脊，手工加工，手工缝制，
顶端装饰一个薄铜小花苞……

鲍比·布林带徽章的头盔在我的架子上
二十年了，“这是部落
头饰”，如奥格雷迪所称

在那个有种英雄气概的下午
当消防员诗人把它赠送给
作为“客座消防员”的我——

好像我胜任它，好像我戴着它
服务过很久，拿着他的消防勇士盾牌，
他的遮挡篷，在碎玻璃

和碎瓦砾从燃烧的屋顶纷纷落下
冰雹般砸向每个持消防斧和水管的人之时
直到坚固耸立的保护墙倒塌。

镜头外

十一月早晨，阳光照着我的背
这钟声清脆的星期日，双肘支撑在
不合季节的温暖的
畜栏门顶端，检视着牲口，
瞥见远处威克洛海湾闪亮的
维京人营地；想起缮写室[①]，
挪威人的劫掠，夜晚的恐惧，还有那首
关于爱尔兰海风暴“凶狠的袭击者”的诗——
因此在下半夜或第二天早晨再无攻击；想起
晴空惊雷般或突破新闻封锁而来的震动，一头驴摇摇摆摆地
走在昨天夜里的电视新闻里——
它挣脱了所拉的货车，那车把五发迫击炮弹
射向集市区；它漫步走出镜头之外
消失在它主人的控制外，消失在阳光照亮的山中。

---

① 中世纪较大的隐修院所拥有的典籍抄写所。

里尔克：《大火之后》

早秋的上午犹豫着，
羞怯地面对新景象，一片空荡
在烤焦的椴树后，这些树仍簇拥着
荒野里的一座房子，现在只剩一堵墙

一群天知道从哪冒出来的小孩在那里
追逐着，尖叫着，撒着野。
当他出现时，他们所有人都陷入了沉默，
这房子家的儿子，用一个长长的叉子

挑出一个变形的旧罐子或水壶
从灼热的，半烧毁的房梁下面。
然后，像一个讲述可疑故事的人
转向在场的其他人，非常费劲地

让他们认识到这里曾有过的一切。
现在它们全消失了，一切看起来
都极为陌生，比法老更怪诞。
而他也变了：成了他们中间的外人。

区线与环线[①]

*

六孔锡笛奏出的乐曲在地下
在一条通道里缭绕，沿着它我走向
那个我知道我总会看到我的观望者的
地方，他在地板砖上，旁边放着帽子，
他的手指灵巧地演奏，他双眼看着我
无所责求，我毋须回避，
或尚不须回避，因为我们俩都致力于
看清我们自己。
　　　　　　　随着音乐的嬉戏和跳荡
我扣紧又松开一枚捂热的硬币
握在手里准备好的硬币，但现在我垂下目光
我们的交流岂不在于彼此认出吗？
默契中，我会把硬币放回口袋并点点头，
而他，一直看着我，也会点点头。

---

① 此诗交织着希尼年轻时在伦敦做假期工作时乘坐地铁的记忆和2005年伦敦地铁连环爆炸案后的感受。

*

站住不动，目视前方，沿着梦境般的
自动扶梯的靠壁上升和下降
在一种单调的、轻微摇晃的机械运转中
我们向前移动，身体挺直。
在地下的某个地方，一辆机车发动了，
轰鸣，加速，匀速，安静下来。
白色的地板砖闪亮。在通道里
被阴凉隧道的气流吹拂，我想念
那普照的，自神秘之日起长存的光，
午餐时的公园，晒日光浴的人躺在那
温热身体的修剪过的草地上满不在乎，
一幅复活景象，就在复活之前的
几分钟，在他们欢乐花园里的
居民，让人惊奇的夏天里的居民。

*

再下一层，站台上挤满了人。
我重新进入人群的安全感中。
人群一部分散乱，一部分排成一串
像一条人链。急切的新来者
推挤着，流淌着，在这拱顶之下，
各就各位，准备第一个进入车门，
街道一样喧闹，然后陷入集体静默……
我是不是背离了他或我自己？
这疑问于我总是新起，总是很熟悉，
这毫不羞愧的，现在转成了后悔
在我站着等待时。很高兴第一阵震动传来，
然后投身这机不可失的一刻
淹没在这要挤满整列地铁的人流中。

*

跨过站台和列车间的裂缝走进
金属车厢，我伸手抓住
粗短的黑色拉环，让自己站稳
从脚跟到手掌根都稳稳地站住
一种亲切的摩擦力和下沉的重力稳住我。
我上路，很安全了，但还是紧张，
无法移动，漂浮着，淡漠地
听着喧闹声渐渐停息，
我背对没关上的车门，站台上空了；
我希望这时刻能一直延续，
这间或有的长停顿，在移动之前
目光木然，当任何向前的惯性
不受欢迎而来时，身体再次调整，
无视自己和别人的身体。

*

驶向更深处，裹挟着人群，悬着吊带，
我高举的手臂扭转，如一副连枷，
我父亲呆呆的脸在我渐隐的面容上
探出来……
　　　　　又响起关门时的
隆隆声，震晃，和一声尖锐的
铁与铁的撞响，然后是长长一阵离心力
这速度的牵引遍及每一拖曳的车厢。

如此昼夜被运送
和他们一起穿行地下长廊，我拥有过的
一切剩下的唯一遗迹，是向前猛冲时，
窗玻璃的镜面反射回的映像
疾扫过悲伤的岩石墙壁。
　　　　　　　　　　一闪一灭。

给冥间的塞菲里斯[①]

人们开始争论山坡上开着明亮黄花的
带刺灌木丛：是蒺藜还是金雀花？
……“它让我想起一些东西”，乔治说。
“我不知道的……”[②]

你脚边的绿色植物是
常春花[③]，理该如此，
但为什么我会想到**鸢尾花**[④]？

在七一年你的时日里的
一个春日：波塞冬
在苏尼翁岬角[⑤]的海上
和空中兴风作浪。这地方的名字
所有清新的微风和轰响的岩洞

---

① George Seferis（1900—1971），希腊诗人，1963 年获得诺贝尔文学奖。

② 引自《乔治·塞菲里斯传：等候天使》（*George Seferis*，*Waiting for the Angel*，By Roderick Beaton，Yale University Press，2003）。

③ Asphodel，水仙花，希腊神话中乐园里的常春花。

④ Seggans，阿尔斯特-苏格兰语，指一种野生鸢尾花。

⑤ Cape Sounion，位于雅典城南阿提卡半岛南端一个三面环水的岬角，朝西建有波塞冬海神庙。

都太属尘世了，乔治，
你意欲去往的仙境
就在那最高山脊的后面
某地，那锋利的边际线
断绝记忆。

这血色的光。让它下地狱去吧。
闭上眼睛，集中注意力。
没有荆冠，没有权杖
或希律王的法庭，但是，啊！
你遇到了它！一种酷刑，是的，在地狱：
柏拉图说到过
那恐怖场面，在那个你引用过的
关于暴君命运的段落中：
“他们捆绑住他的手脚，
把他摔到地上，痛打他，
在荆棘丛中划扯他的皮肉
撕挂成碎片，把他扔进塔耳塔罗斯。”[①]

---

① 塔耳塔罗斯（Tartarus），希腊神话中冥间最底层的一个深渊。引号内这个段落引自塞菲里斯的诗 *On Aspalathoi...*（*George Seferis Collected Poems*. Transl. & ed. Edmund Keeley and Philip Sherrard，Princeton UP，1995，p223)。李野光将这首诗译为《在阿斯巴拉索伊上……》（参见《画眉鸟》，漓江出版社，1995 年，第 254 页），而塞菲里斯这段话又是引自柏拉图《理想国》616a［可参见王杨译注《理想国》，华夏出版社，2013 年，第 386 页；王太庆译《柏拉图对话集》，商务印书馆，2012 年，第 482 页；王晓朝译《柏拉图全集》第二卷，人民出版社，2007 年，第 641 页；（接下页）

作为对付一个暴君
唯一正确的方式。但对于你，这也许
太过自我正确，太过黑白分明，
如果你仍有机会
去攻击他的同类，
最后说出的话意味着打破
你同等有力的沉默。

而我有机会去验证**鸢尾花**的
叶边，方言里的叶片
灰白坚硬，更贴近事物本身
比当今的常用词语：
莎草——棉花糖，橡皮刀之类①。

（接上页）英译文参见 Benjamin Jowett 所译 *The Complete Works of Plato*，*Volume II*，Akasha Publishing，LLC，2008，p577。三种汉语译文中，王杨译为“用荆棘刺破他们的肌肤”，王晓朝、王太庆都译为“用荆条抽打”。应该是王杨更准确。两种英语译文都是“荆棘”。但塞菲里斯诗歌的英语译文保持了这个词的希腊语原形，Aspalathoi，李野光也音译了这个词。Benjamin Jowett 译为 thorn]。

① 这首诗提到了很多植物：金雀花（gorse）、水仙、常春花（bog）、asphodel和莎草是爱尔兰和希腊的典型风物。百合属的（asphodel）或鸢尾属的（seggans），都有着剑一样的叶片，有着这样的名称，比如“国王之矛”（asphodel），“短剑”“雅各布之剑”（seggans），都有“剑”的词根之意（sedge and seggans），荆棘丛之意（aspalathoi and gorse），和死亡有关联（asphodel，seggans，aspalathoi）。

华兹华斯的滑冰鞋

陈列窗里一颗星。

石板瓦上的刮擦声。

鸟，还是树枝？

还是钢制冰刀在宁静的冰面上摩擦，飞滑的声音？

和靴子分离的冰刀翻躺在
展示柜的灰尘里，
它们之间的黏合物老化了，

但它们的环曲线留在冰封的温德米尔湖[①]上
当他闪耀着沿大地的弧线脱离它的引力时
给大地留下的滑痕。

---

① Windermere，位于爱尔兰海以东，英格兰西北部湖泊区，是英格兰最大湖泊。华兹华斯的故居“鸽屋”（Dove Cottage）位于该湖北面。

耙 钉

我们被告知，“如果你们不守规矩
你们的圣诞袜里就会什么都没有
除了老甘蓝梗”。我们都信他。

如果说甘蓝意味警告，那么耙钉
就是真正的矫正用具。
圆头长钉，锻打出的钉尖，一个真正的送终者

在更艰难的处境，一个标杆
他用愿望和夸饰树立起来的
为了教导我们。

一旦提出任何关于装饰的建议：
一个摆放小饰物的架子，一个画钩或画杆
立马就会招致反对：“钉一枚耙钉。”

蛮力打制的，生锈的，随意乱摆的钉子
来自马拉耕地时被石头撞坏的铁耙，
就钉在马厩的墙上，它们上面挂着

满是汗渍痕纹的马颈圈，
爬满蜘蛛网的旧缰绳、马轭和马眼罩
这强有力的索具，都废弃了。

在屋外，在草垫子的尿臊味中，
他做各种测验。室内，在家里
他毫不动摇，从不妥协，

像漫游的格列佛一样坚守常识，
他赞赏的美德（且愿意检验）
蕴含在反复捶打的铁中。

诗人对铁匠说

奥甘·鲁阿·奥苏里范（1748—1784）
对谢默斯·麦克吉拉特的吩咐，译自
爱尔兰语

谢默斯，给我打一件随身下地的东西，
一件适合挖土和锄地的工具，
轻便，靠着舒服，下铲或上提都省力，
抛光漂亮，修饰，使用都很合手。

在刃片的闪光中不能有铁锤的痕迹。
要能握紧，有弹性，适合承受重压，
柄杆要紧紧塞进承窝，要极其笔直，
我要一直用着它直到我倒下，从不抱怨。

铁板和它的边缘都不能有皱痕或弯曲——
我要看着它在铁砧上打成形在锉刀下变锋利；
木头的纹理和柄杆的线条要完美相配，
最重要的是，它的声响，要像钟声一样甜美。

零点时的铁砧

*

即使我不在那里
当巴尼·德福林锤击
零点的铁砧时
我也会听到：十二下锤击
为千禧年敲响。

*

他的侄子也听见了
在加拿大阿尔贝塔的埃德蒙顿：
移动电话
高举着像一只马耳朵，
巴尼对自己微笑着。

*

然后我想着

星光之下传来的教堂钟声[1]

然后想象

巴尼把它传给我：

“也许你可以写一首诗。”

---

① 这句引自威尔士诗人乔治·赫伯特（George Herbert，1593—1633）的《祈祷 I》（*Prayer I*）。

*

我能做什么呢
除了引用那些中世纪铁匠
淬火时哼的调子：
“Huf，Puf！Lus，bus！Col！”
这样的喧响在夜里再无人听到[1]。

而奥甘·鲁阿
请求谢默斯·麦克吉拉特
给他打一把铁锨
锋利，在铁砧上打出好样子
它的响声要像钟声一样甜美。

① 这句引自无名氏所作的《铁匠》（*The Blacksmiths*），一首中世纪讽刺铁匠的诗。

草　绳

那柔软的供料和喂料的慌乱——
干草从草堆中扯出分成一把一把，
送出去，被转子和旋轴吸进去，
转动，绷紧，松散的一堆草，变成绳子——

但是同样频繁地，在另一头
我还得操控挂钩，
再走回来，绕着做我得做的所有事
把长出来的去掉，把短的拉长，
使整个都能啮合——
　　　　　　　　　我左手
是盘卷和抽拉绳子的接骨木柄，
我右手是成形的牵引绳，
　　　　　　　　　　微风吹着我的背，
太阳晒着我的脸，一种拉紧和松开的力
在每一进出的拖曳和缠绕中费劲地维持。

小学毕业班

一　教棍

在格拉纳德的大街上我遇到了达菲
在懂事年龄之前我就认识了他
穿着一条短裤坐在小学毕业班里
有一个冬日华尔斯小姐气坏了
用教棍抽我们的腿
为我们说的那些以为她听不到的脏话。
“啊，看在耶稣的分上，”达菲喊道，
他的手杖举在空中，双臂张开，朝我走来
“看在耶稣的分上！你在意这教棍吧？”

二　嚼烟

我盯着阿纳霍瑞什大桥的压顶砂岩上
刚刚乱刻下的罗伯特·唐内利
首字母，罗伯特·唐内利
站在我旁边，也同样盯着它们。
　　　　　　　　　　　“给，”他说，
“嚼嚼这玩意儿吧，”撕下红藻般一薄片，
从打开的一盎司装“战马嚼烟”里——
沼泽岸褐色，浮凸字体，男子汉享用的禁果
他刚刚被派出来给他父亲乔克买的。

我的上颚就像着火的茅草屋顶
要把邻居都全给烧光了，我要伸进桶里
去舔麦麸，咬下桥上的压顶石。
“你得吐，”罗伯特说，“嚼烟没啥意思
除非你像鬼一样使劲吐。”他姜黄色牛犊的舔舌
像火焰烧出焦痕，他嚼出的汁液亮闪闪。

三　一个圣诞日的早晨

汤米·伊文思现在肯定也有六十岁了。我最后一次见他是在大骚乱时期的高峰，在卡斯尔道森镇菲尔·麦卡基夫的酒馆，那是我们离开阿纳霍瑞什小学后第一次见面。我感觉像鸟儿一样自由，一个在汤米的领空非常随便的天主教徒。

但有些小细节开始盛行。我父亲和别人一起时避免使用如“天主教徒”这样的词。菲尔问我们是否一切都好。汤米那伙人围着他：“你喝什么，汤米?”

我吧啦吧啦地说着枪的问题，用枪怎么不是一件天主教徒干的事，看到他家里的枪怎么每次都吓到我，我们圣诞节的玩具如何证明我的观点——他看着我的眼睛在眯窄。

我想起他在前臂上打开的气枪，我羡慕那光滑的硬木枪身，他手捏着小子弹塞进枪孔里。然后是咔嗒一响，弹仓合上，透过瞄准环看着目标，他的目光欣喜地闪动，然后指挥我们俩一二一地走到房子后面。

伊文思家的鸡舍是岗亭形状，墙壁和榫头风化的山墙，油毡固定得很紧，钉在屋檐上。绞合得很好的小门之上，最高的尖顶处平稳地挂着汤米的靶子：他父亲自行车铃铛的镀铬铃盖。它的清脆声让我回过神来。

点　头

星期六晚上我们会站在
劳丹的肉铺前排队。红牛肉，白绳子，
用于包装的褐色纸裁得直直的
沿柜台边摆着。肋排和小腿肉
砰地扔下，包好了，整齐地捆扎好
但渗着血。像背带下死沉，
比我预想的要重得多
我父亲数着付钱，一个硬币一个硬币。

星期六晚上也是本地民防警备队[①]
非正式活动的时间，挤满了小镇，
这些邻居带着枪，列队走来走去，
有些人在经过时对我父亲点点头
他们似乎有意向着他又忽略他
或者说不知如何对待他，不只是那一刻。

---

① B-Men，Ulster Special Constabulary，也称 B-Specials，或 USC，由新教徒组成的北爱尔兰准军事力量。在紧急状态下协助出动。被认为是一支宗教武装，和天主教徒组成的爱尔兰共和军对抗，互相攻击、报复对方。

剃　头

哈利·博伊尔一个房间，一个烟囱的屋子
摆着木沙发床，是我们的第一家理发店。
我们不是去理发而是去“剃头”。
冰冷平滑的钢推剪，咔嚓咔嚓的剪刀，
坚固的扶手椅，被掩盖的自我的神秘
在脖子上紧系的围布下——
半像无袖的白色罩衣，半像三 K 党的无帽斗篷。
哈利·博伊尔一个房间的、沼泽路的老屋子
近似于家但又很陌生：
那里出过什么事？
齐人高的野草一直长到敞开的门口，
哈利也不刮胡子，贴近你的耳朵呼出热气，
剪落的头发被风吹过地板，吹到
柯利狗鼻子下面。那条柯利狗一直盯着看。

爱德华·托马斯走在拉甘斯路上

他并没出现在视野中但我能听见脚步声
在青草簇拥的路上，雏菊枝头拍打着
靴子的脚尖。
　　　　　　　　　　树篱后面
伊蒙·墨菲和特蕾莎·布里南——
衣衫整齐，在用力地互相抚摸——
也感觉到了他而静息下来。我一直看着他们
站起来，离去。
　　　　　　　　现在，路上空了。
什么也没有，唯有空气和光
在他们的爱巢和我独自躺着的山坡的凤尾草之间。

绝对的夜晚，就像在最初始之中

直到那被回记起的来去的情人们
把他的长腿自我带回到拉甘斯路上——
爱德华·托马斯穿着卡其布制服
像从利特里姆出去的伊文思兄弟中的一个，
复员回来，“变化不大”，胡须和雀斑染成了沙砾色
他们说，随蒙哥马利在北非沙漠里待久了。

翻找出来的散文

一　拉甘斯路

拉甘斯路有大约四分之三英里穿越一片湿地。它是条狭小的乡村路，中间长着野草，边缘是草，路两边是高高的树篱，四周都是沼泽、灯芯草、小片灌木丛和白桦树。因此，每天有一两分钟，你会处在荒野之中。但在我去上学的第一天早上，似乎是精灵国的仙后领着我走过那里。麦克尼克尔斯是我们的邻居，在去上学的第一天菲洛米娜·麦克尼克尔斯负责照料我。姜黄色头发，雀斑脸，绿色校裙服——一个仙女，要是真有仙女的话。我记得我第一眼看到的学校，几座低矮的半桶形圆顶屋在树篱之上露出它们起皱的背面。隔着四分之一英里远，我就能看见那些建筑前面的路上到处乱跑的小孩，能听到操场上的叫喊声。很多年之后，当我读到一篇报道，讲述太平洋岸西北地带的印第安人如何预见到他们抵达死亡之地——沿着森林之路，看到其他旅行者遗弃的东西散乱在灌木丛中，听到欢笑和喊叫的声音，知道前面的林中空地就会有熟悉的生活，但同时又升起一种强烈的失落感和思乡之情——它打动了我，因为我已经体验过这种抵达。接下来的事情是，在走廊上我面对着一排排的大衣钩，它们在不同的高度成排钉在墙上，这样不同的班级都能够得到，每个人都有一个地方挂他的大衣或围巾，然后走进陌生的教室，我们的名字新写在点名册里，很快就要被叫到。

二　高大的夫人们

虽然我们称他们“吉普赛人”，但我们知道吉普赛人指的是另一个种族。他们栖息于爱神之地，偶尔能瞥见，在马戏团的人马拥来、搭起场地时，一个女占卜者，裹着丝绸戴着珠子，从大篷车的后门朝我们探出身来。我们称为“吉普赛人”的，现在会叫巡游艺人，而在那时候那地方，游走师傅是一个尊称，用来指锡匠、银匠、养马人、上门兜售的小贩、非法居住在田地里的人。让人赞叹的直率的女人，身着朴素的羊毛披肩，上面织着黄褐色与苔藓绿的格子图案，她们的篮子里满是染色的木头花，她们富有节奏的恳求语调，一直恳求着，像领唱者一样饱满充沛。她们三三两两地走在路上，孩子们抱在手臂上或跟在脚跟后。低微的印第安女人，迈着叶芝诗中在阿瓦隆①漫步的“高贵妇人”的步子。

你在大白天碰见她们，她们做着日常事务，但总有一种她们出自故事之中、正朝你走来的感觉。他们中的某个男子，多半穿着露背装，出现在你的上学路上。他带着一股柴火烟味，问你有没有在树篱后面看到一匹马。当你走近、经过时，那低低的油布帐篷一派寂静，三脚架吊着的罐子下面，

---

① Avalon，凯尔特族传说中的西方乐土，亚瑟王传说中的重要岛屿，也是威尔士“彼世”的别称，又称“苹果岛”“福佑岛”。

绿色木头在火中嗤嗤地响。每次他们在这个地方落脚，空气中就会有一种特别的氛围，好像平常的生活打开了一扇门，好像有什么东西会从其中进去或出来。

三　寄宿生

班车里没暖气，但发动机响着，应该写着目的地的地方只写着“专用”字样，因此它肯定是我们的校车了。我们要返回戴有穗饰的大檐校帽的日子，司机登上台阶像绞刑吏一样不祥，售票员带着鼓鼓囊囊的装硬币的袋子，它的一条链子上吊着剪票铗。这是特殊的班车，因此没有车票，没有售票员，在坐满之前也不会收费。

停靠点每次都一样，我们簇拥着、提着手提箱聚集在商店门口或指定的岔路口，那老旧的班车在好走的地方加速，但现在它在格伦谢姆山口放慢了车速。它爬得越高，就越吃力，但并不急着赶路。让司机独自和变速杆战斗吧，让他的引擎转速和离合器踏板牵扯着心，拖延着到达最后一个停靠点，也就是最高处时，他减慢车速，转弯，似乎要把我们带回去。但与此相反，他停住，拉上手刹，给我们时间安顿，然后关掉引擎。

当我们再出发时，方向盘得一直打满，费劲的直切和旋转给砂石路面留下鲜明的轮胎印，那熟悉的乡村在我们身后消逝。完全安静的时刻，他“砰”的一声关上驾驶室的门时，整个班车都震晃，他绕着外边，进来收钱。他一副陌生、淡漠、似乎生气的样子，向我们一个一个地收钱。而我们一个一个更深地进入我们之中，希望自己是他，在回去的途中，全都亮起的窗户颠簸着下山，空车转过一个一个弯道，越来越快、越来越气愤。

抬 棺

最初的绿意萌发：山楂树叶刚长到一半。
给她送葬的人挤满了道路
像从某些布列塔尼宗教日巡礼的

旧照片中走出来，古远的
熟悉的女人和男人戴着帽子
四人一排并肩走着，很快陷入静默。

一阵令人窒息的、清晰的轰响传来
一架直升机飞过，随后
我们意识到自己的脚步声

和空旷，以及这“空”与“旷”字后面的
生命。我记得她的惊惧，
胎儿般，颤抖着，流着汗，皱缩，头发湿乎，

艰难的呼吸，蒙着雾一样的面具，
那狂野的目光的一闪，像鬼影般的监视
来自直升机闪亮的玻璃后面。

活着的时光，然后是死亡时刻：沉默
把聚集一起的我们联结成一体，
所有宣告都须坦率说出。

最让人喜爱的姑妈，好姐妹，听话的女儿，
从孩童时期就娇弱，敢于反对的
坚强合金，心地善良又高傲，

她冒着危险，最终，尝试了一些欢乐——
她的鸟食台和欢叫的鸟儿，
她的衣橱和鞋柜里的“时尚”。

天气，在最后，说出了我们之想说。
在夏天最清澈的上午反复演奏着悲歌，
孩子死于雪花莲和山楂花丛中，

整个安魂曲看着植物和花园……
他们轻轻地把她放在棺架上。四个女人，
四个朋友——她会叫她们姑娘——走上前

她们最后一次抬起她，在山楂树下。

即　兴

那条绕过
卡文[①]的路
把我带向了西边，
（一块指示牌看错了）
因此在德里林
我掉头往东。

太阳照在冰上，
白色丝线
在芦苇和灌木丛上，
一座铸铁桥沉浸在
基督降临节的寂静中
我驾车穿过，

然后，靠边，
停稳，坐着
呼出的热气

① Cavan，爱尔兰卡文县的县城。靠近北爱尔兰边境，主要公路3号路从此处经过，连接都柏林和北方的城镇。

蒙住了挡风玻璃。
愿你的灵魂安息……
我下车

这么意外的，
我站在结冰的
岸边凝望
地平线的边缘，
我第一次
这么停下，这么多年。

祝福自己
以即兴
和偶遇之名。
这谁知道
这下一步是什么
这就这样吧。

船　尾[1]

——纪念泰德·休斯

“那像什么样子，”我问他，
“和艾略特见面？”
　　　　　　　　“他看着你的时候，”
他说，“那就像站在一个码头上
看着“玛丽皇后号”邮轮的船头
朝你驶来，非常缓慢地驶来。”

　　　　　　现在似乎是
我站在一座栈桥上，看着他
同时他也在看着我，当他奋力地划着桨
一个木头造的固定船尾
挣摆着闪动着倾晃着
并没真正地前行。

① Stern，语义三关，既是 Thomas Stern Eliot（托马斯·斯特恩·艾略特）的中间名，又是本诗的第二节写到的船尾的意思，同时还有严肃、坚忍品质的意思。

在此世界之外

——纪念切斯瓦夫·米沃什

一　像其他所有人……

“像其他所有人，我低垂头
在以面饼和酒祝圣的时候，
然后，我抬眼看着举起的圣体和圣杯，
相信（无论指的什么含义）变化已经发生。

我走到祭坛围栏处，我的舌头领受着
神秘之物。我回到我的座位，紧闭着双眼，
做了一个感恩的动作，然后睁开眼睛，感到
时间重新开始。
　　　　　　从未有过这样一幕
我独自或与其他人做出决定。
这种丧失发生在幕后。但我一直无法
否认这些词，像‘感恩’，‘圣体’
或‘圣餐面包’。它们有一种永恒的
震颤和吸引力，像极深的井水。”

二　担架手

你离家，去朝圣，在那蒸汽时代：
德里市，邓莱利港，多佛，巴克街[①]
(为蒙福的玛格丽特·玛丽·阿拉科克祷告
她会被封圣)。然后是休闲时刻

去往卢尔德途经巴黎的那个夜晚，
学习相信你在旅途中所学会的：
“不，不要酒，谢谢。是的，茶。”
服务员离去，照你说的做了。

住哪条街上的哪所宾馆？全忘了。
但忘不了的是你被指派的职务，**担架手**，
以及你肩披的彩色绶带，你抬起和放下
担架上的病人，在圣地周边

或凄凉的水泥地，等他们在圣水池入浴。
空气中总是悬浮着“治愈”一词，
就像洞窟祭坛边挂着的拐杖。
到处是高声喊出或低语喃喃的祷告。

---

① 德里市（Derry），北爱尔兰城市。邓莱利港（Dun Laoghaire），爱尔兰海港。多佛（Dover），英国东南部的港口。巴克街（Rue du Bac），位于法国巴黎。

比利时矿工穿着粗蓝布工装
拿着铜灯，列队行进。
举着旗杆，旗幡，系着腰带的教友会
成一队前移。黑丝披巾，念珠串，

那地下长方形廊柱教堂原声的
独一至圣公教会——也许
并没有消失但不再是曾经的意思，
那神秘肉身的有形支撑，

自身时代的厄琉西斯[①]。
我带回去一个塑料水壶
有着肩带（**很别致**），装满了卢尔德的水。
还有一个小玻璃半球，球内包着圣母像

她在赤脚的伯纳黛特[②]之上——
摇晃它，清澈的液体就变成雪花
像洞窟里天使的羽毛。
还有一份（做过担架手工作）的证书。

---

① 古希腊城市，位于雅典西北，厄琉西斯秘密宗教仪式的发祥地。
② Bernadette（1844—1879），法国虔诚的女天主教徒，1933 年被封为圣徒。

三　锯乐

问：你确定弃绝尘世？

答：我确定弃绝它。

巴尼·库克[1]开始画《上帝之光》，
明亮的透光孔使得天堂之光看起来
像一匹匹铺挂的绉绸或人造棉
在老式布商的窗前。传送带般，幕布般，

薄涂画般。圆柱状筛孔般。但他实际的调色板
全是油泥污斑，好像一场阵雨
把精神的打谷场变成了泥潭。
它让我想起一个湿淋淋的夜晚

在贝尔法斯特，圣诞节期间，一个
演奏锯乐的人，在闹市区一家商店
泥泞的门口，在闪动着箔片
和雪橇铃铛的霓虹灯下，

开始在锯片上拉动他的弓。
不锈钢锯打了油或抹了凡士林，
锯面倒置着，他的左手

① Barrie Cooke（1931—　），爱尔兰抽象表现主义画家。

随着演奏的曲调轻按或重压，发出

低沉颤动的优美之音或女妖般极高的刺耳尖叫。
雨水溅落在他破旧的斜纹呢衣服上，
落在他的帽子里，里面偶尔扔下的硬币
落在潮湿的内衬里，雨珠闪亮着

像涂油的锯齿在他弓的爱抚和来回
推拉中毫无损伤。“油画的艺术——
在画布上涂抹的艺术——是微不足道的
相比于那些需要表达出来的呼喊。”

诗人说，他躺在这上帝之光的日子里
在克拉科夫[1]的棺木中，现已在此世之外
至于那尘世的锯乐
他可能在维尔纽斯或华沙听到过

将不会被弃绝，无论多么微不足道。

---

① Cracow，波兰的历史文化名城。米沃什 2004 年死于这座城市。

在爱荷华

一次在爱荷华，在厚厚的大雪覆盖的
门诺派①教徒居住区，整个下午迎面而来的
都是闪烁的雨夹雪急速地扑打挡风玻璃，
雨刮器有力地清除突降的雪团和轻飘的雪花，

我看见，在一片田野里的一条宽沟中
干枯的玉米秆旗杆一样举着积雪，
一台割草机被遗弃在那里。积雪塞满了它的铁座位，
每个带轮辐的轮子都披着一道厚厚的白眉毛，

齿轮的黑齿失去了涂油后的亮光。
说真的，我从那片荒野中出来
像一个未受洗的人，知道凌晨三点的
黑暗和撕成碎片的面纱。

一次在爱荷华。在雪泥、匆促和嘶嘶声中
不像是分开而像是上涨的水中。

---

① Mennonites，16世纪起源于荷兰的基督教新派，因创建者门诺·西门斯得名，反对婴儿洗礼、服兵役等，主张生活简朴。

霍　芬[1]

三条冰舌的冰川开始融化了。
我们该做什么，他们问，在冰碛石
翻滚着横过三角洲地带

数英里厚的蓬松的冰开始移动时？
我看见了它，山脊和岩石一般，从空中看见
不死的灰谷色大地皮毛，数十亿年的颈背，

害怕它的寒冷，它看来依然足以
把因呼气而模糊的机窗冰封，
把露出的坚硬的耕土层冷冻起来

把每一个温暖的，在嘴里津津乐道的词冻结。

① Höfn，冰岛东南部的一个小镇。

现　场

冰冷的一窝，一整窝鸟蛋，隐藏在
去年秋天的落叶堆里，从那
毫无光泽和寂静中，我知道它们死空了，
早晨露水的死亡之汗
更多地打湿了空壳而不是让它们闪耀。
我手脚并用地趴在树篱之下的
湿草中，爱赏它。
早起者忙着把手伸进去
通常会找到温暖的鸟蛋。与之相反
这突然而来的极地饰钉
和耻辱，黎明时巨石阵的寒冷
在我被辱的右手里，一个有力的证据
证明此现场曾有势力
使物质败坏，在其星球的困境中。

春天的托兰人[1]

✲

进入你们的虚拟世界我将毫无记录地
经过扫描探测，筛查，隐藏的探头，
把自己藏在时间中，一张专注的脸
来来去去，既非天神也非鬼影
既不冲突也不一致，只是消隐在
你们和你们的世界之外，我出自籽草之下
小河的涓流、苔藓之下
沼泽地腐烂的、红如铁锈的欧洲蕨之下。
我再次醒来，欣喜于这气氛
他们为了自己的利益选择把我杀掉时
加强了这气氛。还有第六感官感知的危险：
受惊吓的鹬飞蹿入星空，
然后歪斜着飞，云雀在阳光下悄然无声，
下雨的泥潭变得清澈。

---

① 1950 年 5 月在丹麦日德兰半岛沼泽发现的干尸。因为保存得非常完好，以致刚发现时被误以为是新近发生的谋杀案。但考古学家认定其为公元前 4 世纪的人。类似的干尸在英国和爱尔兰沼泽也有发现。他们统称沼泽人。希尼写过很多沼泽人题材的诗。

*

泥炭，混合沼泽土
它们被反复踩踏，像酿酒时捣烂葡萄，
然后分成块片，铺开，在太阳下翻动晒干——
但从不会干燥到能引火的程度——
死沉的，缓慢地燃烧，使烟囱微温
没灰，没火焰，它的烟是沼泽呼出的
阴沉微风……而我，那么久没起身，
我感到同样的死沉压着关节和筋腱
直到铁铲面滑过，飒飒之声不断传入
我被埋葬的耳内，撬动的土层
被移去；然后我再次感觉到空气
我像在上帝的呼吸中翻转的草皮，
在第六日造出的沼泽身体，褐色，赤裸，
最后一天，总的来说，一点都没萎缩。

*

我沉重的头。青铜色泽。耳贴地面。
我的眼睛与草皮平齐。眼睑如蜗牛壳。
我垫高的脸颊和额头。我幽灵般的手
胳膊、腿、肩膀枕着毛毡，
生动如当初，沼泽泥以重压
把我塑造成它自身和把它变成我
在我被埋葬和被挖出来之时。
在已发生和将成为之间。
在这展览多年间，一切伏身等待的
仍在等待。脱离了肉体。声名远扬。
信念加之于我，但我毫无信念
像播种庄稼时耙出的一块石头。
外面丹麦的夜晚里我听到柔和的风声
记起车辙里月亮形的水洼。

*

“灵魂超越它的环境”[1]。是的。
历史并未被授权做最后评判
或最初声明……最终
我从展览柜的泥炭中吸取坚持的力量，
告诉我被缠住的手腕要像白桦树
我旧的未长老茧的手要像茁壮的青草，
被铁铲切开的皮肤愈合，我恢复好了
通过对自己这样说。虽然晚了
早起的鸟依然在歌唱，草地上的干草边
依然长满金凤花和雏菊，天空一样新鲜。
我嗅着空气，废气刺鼻，青贮饲料散发恶臭，
从我所躺的石楠床上能听到密集的交通
拥堵在五个运动场外的环形交叉路口
飞越大西洋的航班层叠在蓝天里。

---

① 语出列昂·维塞提尔《向切斯拉夫·米沃什致敬》(《纽约时报》2004 年 9 月 12 日)：“米沃什的教导是，历史不再被授权做最后的评判。一个人活着不完全是，甚至不主要是，为了他的时代。灵魂超越它的环境。”(Milosz's teaching was that history was no more to be granted the last word. One does not live entirely, or even mainly, for one's time. The soul exceeds its circumstances.)

*

雨中的牛，它们见多识广的结实身躯
站立着，准备好等待。
我从这些事物中学习。我研究这雨天，
我的头像甘蓝头一样湿漉漉
流淌的雨水像哑默的牲畜的
侧腹和尾巴下落到它们的偶蹄所踩的
泥泞的沟里，带着它们沉重的身躯
默默地忍受，嗅着烂泥和水坑。
那另一个世界，无法习得，只为
生活所依，我曾经知道的一切
又回到了我身上。新发现的恰好相反。
在结账排队中，取款机前，在那些
紧张的队列中，保持距离的微笑者前，我
疏远地，像芦苇，头在空中，远离的湖水。

*

每次经过检查和探测时，我都带着
一束托兰的灯芯草——连根带土——
包裹在它们自身的沼泽湿润中。我把它们放在
一个旧楼梯间的清洁柜里，希望它们在移种之前
一直保持湿润，但它们开始腐烂。
每一根绿皮茎都变得发脆，
富含水分的纤维萎缩，整个柔软
湿润的一草簇失去了它在杂草和泥土中的
明澈的芬芳。我手掌里的尘土
和我鼻孔里的尘土，我该把它抖落
还是以花粉和我自己的名义
把它和口水混合？像铲泥炭的男子汉那样
我直起身，朝手上吐口水，鼓起劲
抖擞精神，走上大街。

莫玉拉[1]

*

那些日子里，她流淌在
柳树之下
拍击，急速流淌，
她身上散发出的冷意

和你身上散发的一样——
从你的脸颊，你的衣服
和你的动作——当你
干完园艺活进来。

她在她自身之内
浮游，她的砂砾浅滩
拥挤，飘洒的花粉
遮暗了她的河湾。

---

① “莫玉拉”原文为 Moyulla，下文中的“莫耀拉”原文为 Moyola。

*

怎么回事，我听到的
是有人在叫喊吗？让他们喊吧
如果这适合他们，
但让这叫喊为她而发吧，

她的石头，她的涡纹，她的卵石
蒙着油污，布满了
水藻，似乎她的名字
和其指称的河水

在忍受污泥，
她清脆的元音
起了一个大变化
从莫耀拉变成莫玉拉。

*

乳状的热病河流。
白色泡沫
在排污管口泛起，
患眩晕病的漂浮物……

光脚站在岸边，
目光欣喜，青草掩住脚踝，
我曾看着这一切
爱着那时的一切——

涌流着，跳荡着
奶油般流溢
在她清新、秀美的
柳树和桤树间。

*

走进她去吧
某个焕然一新的下午，
但一开始
先在齐大腿深处走着

逆流而上，一直走到
齐下巴处，给予和获取
在她最深，最拖延的紧握中
对峙着，分开，

再回到她，开掘着
她和你湿润的自我，
你们俩，谁都不想
放缓，停下。

种桤树吧[①]

为这树皮，暗银色的，缠裹着的
鸽子颈圈似的。

为这噼啪飞溅，滴落着雨点
和雨水调情的树叶。

为这短而翘的初生绿色球果的丛簇
如熔炼的翡翠，那叶绿素。

为这粗嘎、乱叫的冬天的果球，
尖角状的，化石般易碎。

为这桤树的木材，火焰般红
当树枝从树枝掰下。

但最重要的，是为这摇摆的串串
黄色的葇荑花序。

---

① 希尼曾考虑过用这首诗的标题作为整部诗集的名字。

种植它，种植它，
为它在雨中晃荡的树冠[1]。

① Streel-head in the rain，爱尔兰俗语，指邋遢的人。

泰特街

并非那深褐与浅黄色车毯，那第一块
铺开在海边沙滩而闻到大地气息的车毯，
它贞女般的折叠展开了，它的舒适区
缀着一圈乌黑的毛线穗边饰。

并非那块单薄的、带着面包屑和鸡蛋壳
还有橄榄核、奶酪和意大利腊肠皮
摆放在瓜达尔基维尔河[1]的激流边的毯子，
在那里斗牛之前我们就喝醉了。

反倒是，再次在星期天贝尔法斯特关闭的庄园，
一个围起来的后院，垃圾箱高踞、沉默
一页书翻过时，一根手指卷缠着温暖的头发，
而毯子上和毯子下的地面什么都没有。

我伸展着躺下，感到地面的坑洼不平，
这不舒服中有着从未有过的敏锐感觉

---

① Guadalquivir，西班牙的第五大河。

但一次也没移出花格方毯之外。

当我们动起来时你我拥有了彼此的全部。

一个在劈砍的偶合者

外面的斧劈声
像波浪撞击着
夜晚的渡船：
　　　　　你
我想粘着、守着的人，
在劈着木柴。

蕨 菜

蕨菜是哪儿的一道美味？日本？爱沙尼亚？很久之前的爱尔兰？

我说日本，因为当我想起那些美味我就想到我的朋友虎岩，和他问我情欲时我感到的惊讶。他说情欲属于诗歌，他想在诗歌中更多地看到它。

现在，它们就在这里，虎岩，带着褶边，被包裹着，煮得软嫩，在一个小蒸笼里，为你端上。

在塔姆拉夫达夫向巴勃罗·聂鲁达致敬[①]

耐诺·菲兹达夫带来一罐
沙果酱
用长在达夫角的那棵沙果树
结的沙果做成的——
它仍然长在达夫角——
那棵我从没见过
结沙果的沙果树。

相反，它没有花朵
拂扫天空，短硬毛一样
更像枝节而不是果柄，
虬曲[②]
如虬曲本身那样——
这就是我记得的
那棵树的样子。

但是——

---

① 塔姆拉夫达夫（Tamlaghtduff），北爱尔兰德里市的一个镇。巴勃罗·聂鲁达（Pablo Neruda，1904—1973），智利诗人，1971 年获诺贝尔文学奖。

② Crabbled，词根 crab，即沙果树。

噢，我的世俗生活中的巴勃罗——
当我尝到那果酱时
它犹如河水和天体。
我放眼望去
我回到了一条
布满车辙的老马车路，
绕着那一地区走着，
迎着那些毛地黄，闻到
饰带花和荨麻，所有
盛夏的闷热
在我们自己的树下加重
在塔姆拉夫达夫，
它的沙果堆和——是的，
从事后所见——它黄金的
光环。
　　现在，
噢，我的忠言逆耳的聂鲁达，
你圆胖的脸如路口的
群众，通过你的眼睛
我看到了它，现在味蕾
和泪腺融合了
我把果酱抹得厚厚的
好像不再有明天。

家务帮工[1]

一　帮助萨拉[2]

衬衫塞进去系紧
腿脚充满活力地向前，她又年轻了
就像当年，在长满杂草的垄间
穿着同样的旧裙子和粗革皮鞋，每次
她直起身子，打理好一切。令人赞叹。

　　　　　　　　她的燕麦色花呢套服
有着红山楂和黄棘豆的小圆点，
它磨得厉害而普通；
她的步子快捷，她的手干燥；一切都很利索；
她和地里活的关系开放又紧密；
一切就这么过去，不出一声。

---

① 这首诗写的是希尼的两个姑妈。

② Sarah，希尼的教母，终身未婚，是一名教师。希尼十一二岁时经常去萨拉家帮助她打理花园。

二 抬起的玛丽

沉重，无助，细心地被抬着
每天晚上坐在椅子里被抬着上楼
她成天坐着，太阳透窗而入的光影
像日晷在寂静的地板移动……

她的体热渗透了支撑的木料
两个人抓紧着，沉重的椅腿和靠背，
倾斜着抬起，一个站在下面楼梯
承受着重量上推，倒退着向上拉的一个

眼睛始终不离她受伤的大块头，
并不觉得尴尬，但一直不太习惯。
我想着她温暖的前额，我们曾弯腰
亲过，在我们亲到它的冰冷之前。

里尔克:《苹果园》

来吧，在太阳刚沉落时，来看
这傍晚的草地上绿色在加深。
难道这不正如长久以来我们在
自己内部收集和存储的某种东西

它来自情感和情感的回忆，
来自新的希望和半遗忘的快乐，
来自一种与这些相混合的内在黑暗，
它在思想中成熟如随风吹落在树下的

果子，像丢勒木刻中的树 一
悬垂着，修剪过，多年的照看
直到结果，果实累累显露——
准备好奉献，耐心地变饱满，扎根在

知识中，不论怎样
超出估量或预期，一切肯定会
成熟和出产，当长久的一生情愿
坚守那默默认定的意愿和成长。

收工时刻

水管冲洗的水泥凹槽让他感到快乐。
他会停留一会，在关掉灯之前
再看看清扫好的院子，桶和产小猪的板条箱，
还有铸铁水泵稳固不动像分界柱
挺立在古代的某个地方。
望向这潮湿闪亮之地的最后一眼
对他来说越来越有更深的意味——
重复着这个说法“我的头是光”
因为经常就是如此，当他回身
关掉开关，一个以家为本的人
在家最后无甚压力。除了这同样的
夜复一夜，结束全部工作，
钢管大门的音乐在黑暗中响起
当他关上门，踏上回家的爬坡路。

家中之火

一　多萝西·华兹华斯[1]的煤筐

年轻的多萝西，挥舞着她的铁铲，
把块煤堆进棚子里
这些煤由某个托马斯·阿什伯纳[2]用马车运来。
她的牙疼这么剧烈，马车夫的姓名
都未被提及，铲煤时的每一震动
都从背后撞痛她的腕骨、颈骨和下颌骨。

年老的多萝西，披着炉火的光斑
在带搁架的铜壁炉前，所有同伴
都已逝去离开，他们在路上的脚步声
再也听不到了，那些声响曾经沉重
如煤筐翻盖的木板砰然落下
她一听到就往炉子里添煤，迎接他们到来

① Dorothy Wordsworth（1771—1885），诗人华兹华斯的妹妹，写有旅游日记。
② Ashburner，意为燃灰者。

二　W. H. 奥登[①]的炉盖

这世界的民众和王公，全都
扛着重负，全都分量相等……
——《阿喀琉斯之盾》

世界的民众和王公，我带给你们的
在这小小的铸铁炉盖之内。
我是个穿着费尔岛样式毛衣的年轻人
喜爱不锈钢制作的钩子，
喜爱它的钝勾去勾它的楔紧点的方式，
那恰合、重量，危险，当它带着
红热的金币到炉子的一边
为了给吐着火舌的炉膛添加燃料，
然后这咬牙的铁桶被装满。
再一次
我起着它，这地狱之口的塞子，这扁平的圆盘，
安全地把它放回。拿耙子和拨棍，
看着火花在灰盘里熄灭，再捅一下，
想起漏着星光的煤房里黑暗的事物。

① W. H. Auden (1907—1973)，英美著名诗人，《阿喀琉斯之盾》是他最著名的诗篇。

白桦林

在花园后面，能听到河水声之处，
一个被墙隔开、像浴室或无顶修道院的
面包房或地板破损的罗马别墅的地方，
他们种了一片白桦林。只是刚种下不久，
但每天早晨在阳光下已经能发出声响
像它们自己漫长成长的自我，白色树皮
像白绸缎睡袍一样洋溢着清凉，
她弯身、直起，进来倒茶，
坐在他对面，而他计时的大脚
像修道院院长的一样光着，在晃荡一只拖鞋。
红砖和红石板瓦，李树和苹果
保持着它们的信誉，一张巴赫 CD 正在转动
绕着日常生活或花园的空气。在它们之上，喷气机
拉出的白练在变淡，飘舞着像柳条或灯芯。
“如果艺术教会了我们什么，”他说，用引语战胜
生活，“那就是人的存在是私密。”

卡瓦菲："剩下的我要对下界哈德斯领地的人去说"[①]

"是的，"总督说，他把手卷放回原处，
"确实，这行诗是真的。非常美。
是索福克勒斯的最明智之作。
在下界我们将更多地谈论整个事情
并很高兴被看到我们是什么样的。
在这里我们像哨兵，焦虑地警惕着，
守护着每一个封闭的伤害和秘密，
但我们在此日日夜夜，掩盖的一切，
在下界，我们都会说出来，坦率地，全部地。"

"那是，"诡辩论者说，半带轻缓的微笑，
"要是在下界他们谈论这些事情的话，
要是他们愿意为这样的事情费心的话。"

① 出自古希腊诗人索福克勒斯（Sophocles）的悲剧《埃阿斯》，是埃阿斯在挥剑自刎前说的最后一句话。哈德斯（Hades），是希腊神话中统治天空和大地的宙斯以及统治大海的波塞冬的兄弟，他统治死后的下界、冥间。

在一条骡马道上

为秋天预定，重获的言语
再次能自行其是，我发出一声叫喊：
“不是山毛榉绿，而是这些火铜色树叶的
深至小腿的金库，这些山毛榉树干的灰。”

格兰摩尔的乌鸫

我到来时，在草地上
给寂静充满生气，
但时刻准备飞离
一旦发现不对劲的举动。
我离去时，在常春藤中。

正是你，乌鸫，我爱你。

我停车，止步，小心翼翼。
呼吸。只是呼吸，然后坐下，
我曾翻译过的诗句
回来了："我要离开
去到死亡之屋，去我父亲那里

在低低的泥土屋顶之下。"

我想起有一个[①]已经去找他了，

---

① 指希尼的弟弟克里斯多夫（Christopher），1953 年死于交通事故，年仅四岁。希尼为他写过《学期中》。

那个沉静的小舞蹈家——
萦绕心头的儿子，丧失了的小弟弟——
在院子里欢喜雀跃，
看到我回到家，那么高兴，

在我想家成疾的第一个学期结束时。

我想起一个邻居的话，
在那场事故之后很久说的：
“那只鸟站在棚屋顶上，
在那屋脊上站了好几个星期——
我当时什么也没说

但我一直不喜欢那只鸟。”

自动锁砰的一声
关上了，那只乌鸫的惊恐
很短暂，有一瞬
我鸟瞰见自己，
一个暗影在斜坡砾石路上

在我的生命之屋前面。

树篱间跳跃的家伙，我是巨人
对于你，你机智的顶嘴，
你每一次冷淡的复回，

你的挑剔，警觉的金色鸟喙——
我到来时，在草地上

我离去时，在常春藤中。

译后记

Face to face with her was an education

——Seamus Heaney, *Field of Vision*[①]

一

一直以来我都希望自己能对希尼和希尼的诗歌做一些全面、深入的阅读和理解，因为希尼和希尼的诗歌从一开始对我就是一种教育。我们这一代（20 世纪 80 年代末 90 年代初上大学的）写诗的人中，很多人的文学（诗歌）教育都来自西方文学，尤其是西方现代文学（诗歌）。我们的教育方式几乎都是自学，一种东拼西凑的胡乱学习，类似大饥荒年代，被难以满足的饥饿感驱使，依靠本能寻找一切可满足食欲的东西，胡吞乱吃。这种自我教育如今想起来也颇有几分好玩，类似从各种残缺的武林秘笈中搜罗一鳞半爪的口诀和招式，然后照着比画，胡乱地开始非常严肃认真的照猫画虎，练习各种神奇功夫。最神奇（无神奇不成诗歌）的是，这么多年下来，这些人中的一些人竟然也这样练成了一身硬功夫（当然他们的自我教育也是与时俱进的）。其中真有一些喜剧性的神农尝百草的效果。之所以会这样，是因为当时诗歌资源

① “面对面和她一起是一种教育”，引自谢默斯·希尼诗《视野》。

的极度匮乏（现在它被浪漫化为诗歌的黄金时代）和近乎空白的诗歌教育。当时对中国古典诗歌的合乎年轻人成长需求的时代精神的有效阐释几乎没有，而中国现当代诗歌的成就太低，无法作为年青一代成长所需的典范和榜样。当时西方文学，尤其现当代文学的翻译也极为零散，但契合时代心灵的渴求，被长久的精神文化封闭憋坏了的年轻诗人认为他们的诗歌写作要寻求的是解放，是打开大门，睁开眼睛，进入并接续开放的、发展的世界文学。他们瞩望现代世界文学潮流，其实也就是西方现代诗歌精神，折服于西方现当代大诗人的成就（其中有许多自我投射的心理和情怀臆想）。一些著名的诗人或诗派成为他们如饥似渴地学习的典范。希尼是我的学习典范之中的路标式人物。

希尼诗歌对我的教育首先是一种校正、纠偏，帮助我重建了对西方现代诗歌的认识。我和大多数同时代读大学的人一样，都是头脑里先有一个文学史概念，然后再接触具体作家和作品的，或者在选择和阅读具体作家作品时总有一种文学史的幽灵在暗中紧随。之所以这样是由当时的客观现实条件所造成：一，新中国成立后我们大学的文学教育以文学史为核心课程。这种文学史表面上是一种历史叙述，但它实质的核心是这种历史叙述所贯穿的线索。这条线索既是线性的历史时间，又是单向的逻辑理性，同时还是唯一的价值和意义。这种概述性课程，用一种文学史观（理论思想）把历史上所有文学事实（史料）编排起来，给出一个历史性的评判和价值定位。这种文学史最主要的目的也是它最大的好处是便于包装、贯彻和灌输某种思想意识形态。通过统一的文学史教材，就可以培养出统一的文学价值观念。它众多糟糕的影响之一是给人一种假象，以为对文学的这种整体性的抽象评判就是对具体丰富的文学本身的掌握，它替代、取消了具体丰富的作家作品。这种文学史思想渗透到文学教育的各个方面，即使读作品的人，也会以这种文学史的价值性概述为先导，指引对具体作品的阅读。二，当时西方现代文学作品本身的翻译极为匮乏，只能通过一些介绍性的文字去获取更多的信息。这些介绍性文字也多是文学史性质的叙述，因此读者在读到作品之前就对作者有一种文学史地位的了解和想象。就这样，那时候我们头脑里充斥着最空泛的文学史评判，欠缺着最重要的具体作家作品的阅读体验。就这样，在接触希尼诗歌之前，主要是通过一些介绍性文字，一些宏大的文学史简述，我头脑里大致有一个西方现代诗歌的概念，都是诗歌史观念之下的价值性概念：一，现代主义诗歌运动的历史合理性。它是西方诗歌历史自然的发展和进步，是一种历史潮流，有着普遍的必然性和正当性，是西方现代诗歌的真正价值之所在。二，现代主义诗歌运动的普世价值性肇始于法国，扩张到整个西方。法国从象征派一直到超现实主义，英美从庞德、艾略特、史蒂文斯，发展到阿什贝利，到各种支派。像一种有着必然性的历史潮流，德国、俄国、南欧、拉美……世界各地都回响着这些运动。各种运动思潮标榜的“先锋”一词意味着创新，意味着价值、意义、历史允诺与保证的未来胜利。各个诗人都在这一历史进程的链条和环节中得到定位与确认。三，现代主义诗歌美学的历史性意义。它是一种反传统的创新美学，一种持续的革命运动。革各种文学传统的命，就是和原来的文学方式和观念反着来，语言必须是扭曲的，费解的，破碎的，非正常逻辑的，断裂、跳跃、混乱的，梦呓一般潜意识的，充满幽暗神秘的象征。是没有具体所指的，想象性、比喻性的语言，脱离现实世界的物质规定性的约束，不为一般世人所理解和接受。在整个大学期间，我基本上以这样的诗歌史和诗歌价值观为线索去寻找、阅读在这种诗歌史叙述中被提及的西方现代诗人之作，照着这个诗歌史路线和框架所定位的一个个具体诗人去理解所读到的他们的诗歌的内容、风格和意义。

对希尼诗歌的阅读让我对上面提及的那套关于现代诗歌的历史和价值的宏大叙述产生了怀疑。希尼的诗最早零星出现在 80 年代的一些杂志和选本中，比如王佐良主编的《英国诗选》（上海译文出版社，1988 年）以希尼结束，收了王佐良和袁可嘉翻译的五首诗。但年轻的希尼在那些现代诗歌史上有着盛名的诗人之中并未引起注意。希尼作为诗人突显出来，让我的目光集中投注在他身上是 1995 年他获得诺贝尔文学奖后，在《世界文学》杂志上读到傅浩、黄灿然翻译的他的诗。然后是一些选本，2000 年《倾向》第十三期的“希尼专辑”和 2001 年作家出版社出的《希尼诗文集》。即使在这些零散的、并不全面的诗歌中，希尼的诗人形象也个性非常鲜明。和原来观念中的现代诗人形象非常不一样，相互形成强烈的对比。希尼的诗歌让我看到一种清晰的、明确的、正常的、客观真实原则之下的描写性、叙述性诗歌，不是那种暧昧含混的想象性、象征性、隐喻性诗歌。一种朴素的诗，写亲人、家乡、少年、记忆，普通人的生活和劳动，从一个有工作和家庭的普通人（不是象征主义里面完全摆脱了各种社会关系的诗人）的视角，切合普通人的情感抒发。这些诗让我感觉非常好，和我的生活经验有着很自然、很具体、很亲切、很惊喜的唤醒、印证和指引关系。我不用费劲地扭曲自己，很轻松自然就进入了其中。我知道它写的是什么。它和前面说到的那些总在颠覆什么的、怪异的、费解的、反叛的现代主义诗歌都不一样。它很正常，它很现实，它有着很古典的坚实、严谨和明晰。我确认到希尼诗歌之好时，我头脑中原来那种历史叙述之下潜含的作为价值标准的西方现代诗歌观念就动摇了，出现了裂缝，不再那么相信那一套文学史和文学价值观的宏大叙述。我开始沉浸在对一个个喜欢的具体诗人的阅读之中，相信自己直接的阅读经验，并以此来校正那套宏大文学史叙述中价值路线的专断、教条、空洞和贫乏。我开始思考那种正统、正确、唯一价值路线之下的宏大历史叙述的可疑之处。

我理解到那套文学史叙述话语从属于我们生活于其中的、习惯了的那套革命的意识形态话语。前面说到过，这种文学史表面上是一种历史叙述，但它实质的核心是这种历史叙述所贯穿的线索。这条线索既是线性的历史时间，又是单向的逻辑理性，同时还是唯一的价值和意义。因此，这种历史叙述实际上是专断的。它以专断的历史叙述的方式来建立自身权力的合法性。这种宏大的历史叙述是典型的革命意识形态话语，它构建一种历史逻辑，以此虚构逻辑的必然性作为自我的正当性与合法性的根源，并且预先宣布自己未来的胜利。对这一套空洞、抽象的话语的识破，就在于一个个具体诗人那无法被这套话语限定与解释的成就。我发现我喜欢的弗罗斯特、毕晓普、阿赫玛托娃、卡瓦菲斯，这样的诗人都有一种古典式的语言准确，结构严谨，富有戏剧性。他们都无法被一套严密演绎的文学史的价值序列所完全吸纳。他们有自己不受某种所谓的历史必然性限定的和其他诗人自由关联的意义空间。后来看到的诗人、评论家阿尔·阿尔瓦雷茨（Al Alvarez）对希尼诗歌评论的一段话更确证了希尼对我的校正、纠偏作用是有普遍意义的。这是他 1980 年刊于《纽约书评》的关于希尼诗集《野外工作》的评论中的一段话："如果希尼代表了写诗的最高成就的话，那么，整个焦虑重重的、探索性的现代诗都偏离了正确的道路了……艾略特和他的同时代人，洛威尔和西尔维娅·普拉斯全都错了：试着在那未被驯服、没有围栏的黑暗中为感官、规则、形式扫清道路，不过是错将病态当成了灵感。"[①] 阿尔瓦雷茨秉持的正是那种认为历史只有一条唯一正确和正当道路的专横独断的历史叙述。认为要么希尼错了，要么整个现代主义诗歌发展历史错了，这一历史发展线条上的一串诗人都错了，二者必居其一。但问题可能只出在他的历史独断论上，他只是把那一串诗人绑架在他的独断论之上。所有诗人都有其价值和意义，宏大的历史叙述也有其必要。但当这套历史叙述成为笼罩历史的独一真理时，它是荒谬的。西方现代纪元开始之时是本质论破灭而历史论大行其道之时。我们通常深受其害而不自知——令人尊敬的袁可嘉先生编的《欧美现代十大流派诗选》（上海文艺出版社，1991 年）把希尼归于后现代派。人们只能通过一个个具体诗人的成就这样的案例来破解这种抽象的历史专断论。在我的自我教育的成长的阅读史上，希尼是第一个让我做出这种认识上的校正和纠偏的诗人。总之，希尼让我摆脱了这种建立在抽象的文学史叙述上的对诗歌和诗人的认识，把自己对诗歌和诗人的认识建立在经验性的具体阅读上，不再热衷于普遍的文学史概述，而是去寻找自己喜欢的一个个具体的诗人，对所有的以历史名义做出的单一路线的叙述保持警惕与疏离，包括建立在历史性话语上的现代艺术的各种理念，各种艺术史叙述名下的价值判断，无论这

---

① 《他让每个人成为更好的自己》，新京报网（http://www.bjnews.com.cn/book/2013/09/07/282225.html）。

些叙述多么清晰、雄辩、有说服力。因为以历史的名义说话和以上帝的名义说话完全一样，破除了本质论的历史论本身又成了一种更独断可疑的本质论，它更理所当然而能逃避质疑。因此，越肯定的历史性话语、历史性断言，越可疑。

希尼诗歌的第一重教育是关于诗歌之责任的问题，关于诗歌的政治性和伦理性问题。自从浪漫主义诗歌开始，诗歌的政治性表现为，争取个人的自由解放，反对国家权力的专制压迫；争取民族的自由解放，反对外族的奴役压迫；争取人道的社会公正，反对阶级的剥削压迫。这在拜伦、雪莱、雨果、普希金、密支凯维奇的诗歌中得到体现。现代主义诗歌秉承着个人自由与社会束缚之间对抗这一主题，并将之不断推进到更深的层面。在象征派那里，表现为放纵身体感官、追求极致体验、激发个人感受力的解放，进入无限自由想象世界。如波德莱尔、兰波、魏尔伦那种“被诅咒的诗人”“颓废诗人”“为诗歌受难的人”。而超现实主义诗人要解脱的是理性、语言和意识的束缚，达到真正的自由，非理性的潜意识的自由。以本能的精神自由放纵，对抗各种社会文化意识的束缚，包括语言和思维的束缚，各种话语权力的束缚。将诗和梦、潜意识、自动写作相联结，将诗歌语言视为“挣脱了所指的自由能指”。在这里，诗歌和诗人行为本身就是一种反抗，对“布尔乔亚”社会秩序和品味的反抗。“垮掉派”也是对中产阶级价值秩序的反抗，是在民主的资本主义社会内部对其平庸的生活方式和美学趣味的冒犯与挑衅。但在非民主国家、前殖民地国家，高压体制和混乱体制之下的社会现实生活中，政治问题非常严峻。诗歌与政治的关系在东欧苏联极为紧张，在一些前殖民地国家也如此。政治的紧迫性压抑着诗歌本身的正当性，这种压力无论是来自“左”的还是右的，都非常强大。希尼身处殖民统治的遗患之中，北爱尔兰宗派主义和民族主义冲突的世界热点。他一直面临作为一个诗人与现实政治需求之间的紧张关系。尽管受到各种压力，他保持了一个诗人的独立性，没有将自己的诗歌降为政治宣传，同时也清晰地表达了自己的政治态度。希尼对身处政治高压之下的同时代东欧诗人有特别的认同感。他自己对于面临现实政治的紧迫压力之下的诗人，也是一个典范。

比希尼诗歌的政治性更能给人启示的是他诗歌的伦理性。现代诗歌（以法国为代表）多有政治性，但少有伦理性。一种极端的个人主义的诗，一种超脱社会群体生活关系的诗人形象和声音。这种极端的个人主义要么表现为在这个世界上完全任性、放纵、堕落、自我毁灭（前面提到过的波德莱尔、魏尔伦、兰波），要么表现为修道院内的修士一般自我克制、脱离尘世生活，完全献身于对抽象永恒世界中的唯美艺术的极致追求，对诗歌语言和形式本身的极致化追求（马拉美、瓦雷里）。但希尼的诗有着很强的伦理性。这也许与他的北爱尔兰乡村天主教出身有关，而他的诗也一直写的是乡村和天主教少数族群的生活。乡村，天主教，这两点都属于传统的保守的因素。希尼的这个保守的天主教的乡村伦理社会可能是西方诗歌世界中与中国的伦理传统社会最接近的，所以他的诗对于很多中国诗人，特别是有乡村成长记忆的诗人（我就是其中之一）来说有一种特别的亲近，特别的经验性的共鸣。相对于那种极端的个人主义诗歌，希尼的诗没有脱离自己的历史文化，自己的现实生活的土地，自己的情感土壤。相对于那种抽象的社会政治问题诗歌，那种知识分子气的超时空诗歌，希尼的诗写得非常具体，在时空上非常明确，有着非常具体的地方性。那种无空间限定的诗歌，它们思考世界、思考历史、思考人类，但不关注自己身边的生活中的具体的人，他们抽象地写远方，写重大问题、优美诗意的题材。关注世界大事、新闻报道和热点中的社会政治性事件，但不关注自己生活中情感中的伦理性事情和人物。希尼写了大量的关于亲友（父母、妻子、儿子、姑妈）的诗，数量之多和质量之高在西方传统中可谓前无古人。所写都是人们具体的生活，这和把诗歌视为个人想象是非常不同的。包括自白派诗人，自我暴露的也是极端个人主义的视角，都是集中在个人主义的情感体验中，最重要的焦点还是抒情诗人自己，那个叙述者自己，自己所受的刺激与伤害，而不是同等重要的亲友，生活伦理中值得关注的他人的存在。只有个体性，没有伦理性。这也正是希尼最令人羡慕之处，他始终站立在自己出生的土地上，置身在这土地上生活的人们中，他有着自己的领地，而我们却似乎完全脱离了家乡和土地，脱离了有着记忆相传的家乡的人们，像生活在抽象的异乡一样。我们的诗歌缺乏那种根基性。对于当代很多因进入遥远的城市、体制和文化生活中而丧失了乡土故乡这一根基，被连根拔起，甚至连“乡愁”也无处安放的中国诗人来说，希尼实在是令人羡慕。

希尼对我的第三重教育，是有关诗歌艺术、诗歌语言的。希尼的诗歌看似简单，写的都是明确的事实、事件、人，逻辑清晰，结构严谨。他的诗歌语言主要是描述性的，内容处于客观真实的时空之中，并非那种非常复杂的充满奇思异想的玄幻之作。风格以追求朴素、准确、真实为目的，不以出人意料的震动效果为目的。一切看起来都很简单，乍看希尼诗歌的“技艺难度系数”很低。但是实际深入细读他的诗，发现他的语言因为追求简单、清晰、准确，而极为讲究、复杂。他的简洁性使词语的效率充分体现。我简单对比过他和阿什贝利的语言。阿什贝利的诗歌语言整体上像万花筒般变幻，你不确定他在说什么，只觉得语句的构成五彩缤纷。但阿什贝利诗歌语言内部很简单，单个句子的各个部分很完整清晰。这些句子也不脱离知识分子的造句习惯，无论是什么样的机智或句子成分的修辞置换以及跳跃想象。这些魔术变化都在标准的智识语言范围内。似乎可以得出一条这样的经验：当诗歌内容复杂模糊的时候，诗歌语言反而简单。否则的话，更没法读了。当诗歌内容看似简单明确的时候，诗歌语言反而要求极其复杂，就像希尼的诗。这种复杂，不是说繁复，而是说要满足的要求非常多、非常高。语言必须非常微妙，非常高效，才能揭示出简明事件中蕴含的诗意。希尼诗歌的语言，他的用词，他的句法，他的各种简省，导致他的诗歌语言非常独特。他语句的突现、直接，需要后面隐藏的很多前提性理解。类似冰山理论，他的语言总是他的意义之海中露出的那么一点。因此，他的诗在读进去之前，只见语言，而读进去之后，更觉得语言味道无穷，意思丰富。希尼的诗歌语言还给了我一种特别的教育：精神生活的语言词汇总是简单的、贫乏的，物质生活的语言词汇却是无限的丰富。希尼的诗很多写的都是生产生活劳动，比如编草绳、切碎萝卜、烤面包、生炉子、打铁、浸泡亚麻、洗晾衣物、修房顶等。他描写这些日常生活劳动的诗歌词汇非常丰富，一首写他姑姑在院子里烤面包的诗，用到的厨房用具的名称就非常多，各种盆盘碗勺之类都有其名称。要在诗歌中准确地描写出这些活动，这些风俗画卷对语言的要求极高。而我发现描写精神活动的词，构成精神活动的语句的方式，数量有限，非常简单。那些心灵活动的词汇用语、语句方式，被反复地、大量地使用。而经常所指不明，经常不加思考地使用，读的人也不能确知，说的人没有确指。因此，精神生活的语言是比喻性、模拟性或象征性的，模糊而贫乏。但物质生活的词语是具体确指的，非常坚实，因此非常丰富。一个反例：但丁《神曲》中，地狱篇最精彩，而天堂篇最难。因为天堂篇写精神世界，而纯精神世界太单一抽象，语言贫乏，很难写得具体丰富，曲折生动，多姿多彩。不像尘世的、物质的、有罪的世界，它的难度是太丰富了而难以描摹。希尼的诗是充满了坚实的物质名词的诗，有这些骨骼一样的物质名词的支撑，他的诗因此异常坚实。希尼的诗歌扩张了我对诗歌语言的认识，诗歌中词汇的问题不单单是语言问题，还是语言和世界的关系问题，是诗歌容纳的世界问题。欧阳修在《六一诗话》中讲到类似的象征性诗歌语言的贫乏问题："进士许洞者，善为词章，俊逸之士也。因会诸诗僧分题，出一纸，约曰：'不得犯此一字'。其字乃山、水、风、云、竹、石、花、草、雪、霜、星、月、禽、鸟。于是诸僧皆搁笔。"

总之，希尼作为一种教育，一直在我的心里。在我思考诗歌问题时，我会经常想到他，想到他这具体的事例。他是我心目中的典范性的诗人，全方位的。他是一种我在辨别、认可、确认和确定时的内心参照系。在我行走的路上始终可以看见的路标式诗人。是我反思中的提醒，是我自我确认时标杆性的诗人。对我来说，希尼是一个典范性的诗人。我们的现当代诗歌的不成熟的表现之一，就是在其中找不到一个可以效仿的诗人，一个写作和生活的典范。如果能为后来的诗人提供这样的典范，就可以说新诗真正成熟了。当然，我知道现在很多年轻诗人有了自己的新诗典范。而我的成长时期，这样的典范只能去西方寻找。因此，我一直想对希尼的诗做一些全面深入的阅读和思考。而翻译就是深入阅读的最有效方式之一。因此，当吴小龙先生想出版翻译诗歌而向我咨询时，我极力推荐希尼的诗，并且自己也乐于承担其中《区线与环线》的翻译。

二

《区线与环线》是希尼的第12部诗集，出版于2006年，出版当年获得了英国的最高诗歌奖——艾略特奖。当然，对一个凭其作品已赢得当代读者最广泛的尊重，并获得了诺贝尔文学奖的诗人，什么奖项都已经不重要了，对他的衡量需要在更高的尺度和维度上进行：他将如何进入那超脱时间流逝的不朽者的领地，在那些熠熠闪光的文学群星中将赢得一个什么样的位置。但这部诗集的获奖至少说明在获得诺奖十年之后已经67岁的希尼，仍充满创造活力，还在为他的整个写作生涯之宏伟大厦添加新的丰富性。

在这部总共44首诗（10首组诗，3首译诗，1首仿作）的诗集中，容易引人注目的首先是那些与当代世界现实中最严峻的政治问题有关的诗："911事件"之后写的《任何事情都可能发生》，和伦敦地铁爆炸案有关的《区线与环线》，和中东冲突相关的《镜头外》，跟环保问题相关的《春天的托兰人》《莫玉拉》和《霍芬》。其次是许多向诗人致敬的诗：《给冥间的塞菲里斯》，《华兹华斯的滑冰鞋》，《爱德华·托马斯走在拉甘斯路上》《船尾》（纪念泰德·休斯，同时写到了T. S. 艾略特），《在此世界之外》（纪念切斯瓦夫・米沃什),《在塔姆拉夫达夫向巴勃罗・聂鲁达致敬》,《家中之火》(包括《多罗茜・华兹华斯的煤筐》《W. H. 奥登的炉盖》),翻译了里尔克两首诗,卡瓦菲斯一首,仿写贺拉斯一首。但数量最多(22 首,占整个诗集一半),散布在整个诗集中,虽然不特别扎眼但对整个诗集起着基本的支撑作用的还是那些对他从小生活的地方、那地方的人和事的回忆或描述的诗。这是希尼诗歌一以贯之的题材和内容,在他的第一部诗集《一位自然主义者之死》就奠定了基调,然后一直贯穿到这第 12 部诗集中。这是他反复写到的题材和内容,写到这些地方,从他出生,成长的乡间,扩张到附近的小镇,扩张到所在的德里郡,德里市,扩张到北爱尔兰首府贝尔法斯特和北爱尔兰的六郡,然后是爱尔兰共和国的一些地方。他反复写到父母、兄弟、姑姑、妻子和其他亲戚,以及邻居、朋友,还有那块土地上的普通人。他反复写到人们在那片土地上的生产劳动:挖泥炭,种土豆,捕鱼,牵牛配种,打铁,烤面包,砌筑房子,洗衣服,修房顶,卜水打井,等等,这些劳动维持人类社会生存的物质需求的各个方面。人自身的生老病死,特别是亲人的死亡,还有社会群体的冲突,如北爱尔兰新教徒和天主教徒,忠英的联合派和维护爱尔兰的民族派之间的冲突,他都写到了。总之,他写出了一个忙碌的物质的世界,他出生、成长于其中并终生与之保持亲密关联的世界,一个真实地存在于这个世界一隅的那个地方人们的生活。

这类诗歌中,他写人的诗有:《给天堂里的麦克・乔伊斯》(他的姑父,苏珊姑妈的丈夫),《家务帮工》(他的两个姑妈萨拉和玛丽),《收工时刻》(当地一个养猪人),《抬棺》(当地一个去世的妇女),《点头》(他的父亲和邻居),《剃头》(小时候理发的理发匠），《小学毕业班》（小学同学），《耙钉》（小时候的铁匠），《零点时的铁砧》（认识多年的铁匠），《震颤》（一个铁匠），写到地方的有，《波兰枕木》（小时候的家乡，卡斯尔道森），《阿纳霍瑞什，1944》，《小型机场》（图姆），《格兰摩尔的乌鸫》，《爱德华·托马斯走在拉甘斯路上》，《莫玉拉》，《在塔姆拉夫达夫向巴勃罗·聂鲁达致敬》，《翻找出来的散文》（上小学走的拉甘斯路，上中学校车的路线），《即兴》（卡文镇），《在此世界之外》（贝尔法斯特）。这些人和地方主要是通过回忆展现出来的，这些回忆中非常特别的是《芜菁切碎机》（切芜菁），《草绳》（编草绳），写了一种随时间消逝在历史中的干活的工具和活计。他写的这些人，很多是在干活的人。当然，这些人、事、地方因素都是互相融合在一起的，并不是互相分立的。写人的诗也写到了地方，写到了事情，写地方的诗也写到了人在做什么事情，也常常混合着回忆。比如，《小学毕业班》三首，写到了在三个地方见到三个小学同学，一、三是毕业后在格拉纳德大街上，在卡斯尔道森酒馆见到同学，并回忆从前的事。其二是回忆和小学同学罗伯特·唐内利一起，在阿纳霍瑞什桥上，偷嚼他替他父亲买的烟。

把希尼的这些诗放在他的整个写作生涯中来看的话，我们会看到这些都是他反复写过的题材。我们可以具体看看这些题材是怎么反复出现的。他在很多诗中都写到了他父亲，从第一部诗集开始，《挖掘》、《跟随者》、《警察来访》、《丰收结》、《字母》、《幻视》（三）、《方形》、《差遣》等，这部诗集里的《点头》和《格兰摩尔的乌鸫》又写到了他父亲。写他姑妈的诗也是，《木斯浜——两首献诗》（包括《阳光》和《切土豆种的人》）、《熨斗》，在这部诗集中《家务帮工》又写到了他的姑妈，《在此世界之外》中的第二首他年轻时去法国卢尔德去朝圣，也是他姑妈要他去的。还有他反复写过的铁匠，在第二部诗集《进入黑暗之门》就有一首著名的《铁匠铺》，这部诗集中又有四首诗写到了铁匠，《震颤》《诗人对铁匠说》《耙钉》《零点时的铁砧》。那些地名更是反复出现的，在第三部诗集《在外过冬》中，他就专门写了这些地名诗《阿纳霍瑞什》《图姆》《布罗阿》，这里又写了一首同题的《阿纳霍瑞什，1994》。他写过以他出生地、小时候生活的地方木斯浜为名的诗作为给玛丽姑妈的献诗。他这部诗集中写的《春天的托兰人》，也是从他的《沼泽地》（第二部诗集《进入黑暗之门》）、《托兰人》（第三部诗集《在外过冬》）、《沼泽女王》（第四部诗集《北方》）一直贯穿下来的题材和内容。这种类似题材的反复出现还可以找出很多，比如他写了很多邻居。他写过表兄卡伦·麦卡尼特（《贝格湖滨的沙滩》），这里又写到姑父麦克·乔伊斯。

希尼之所以这么反复地写，是因为他整个的诗歌写作中有一个中心，他的诗歌始终是围绕着这个中心，或者说他有一个根基，他的诗歌写作始终在这个根基上进行。如他自己在给傅浩的信中所言：“这些诗的作者是在山地乡间的一个农场开始生活的，我的大多数作品都基于对那个时代和那个地方的记忆。”① 希尼诗歌的中心就是他出生成长的那片土地，那片土地上的人们，他们在那里的生活。这种反复的写，是围绕一个真实的地方，真实的生活，多维度、多层面、立体地抒写，使之越来越丰富，越来越全面。这些诗之间构成呼应和回响，从各个方面，在不同的时间和事件中展示这个地方。这地方不再是单一的地名，地点，人物和

① 傅浩编译《二十世纪英语诗选》，河北教育出版社，2003年，第370页。

事件，而是互相关联，有历史景深和统一空间的一个活生生的社会，一个真实存在的世界。这个有血缘亲人，邻居，同民族宗教和不同民族宗教的人们构成的世界。紧密关联又激烈冲突的世界。可以说希尼用他的一生在写一个地方，也写出了这个地方，从他出生的木斯浜乡村，到阿纳霍瑞什，到图姆村，到德里市、德里郡，到北爱尔兰阿尔斯特六郡，北爱尔兰首府贝尔法斯特，到爱尔兰，他写出了这些地方的广阔现实，还有复杂历史。希尼一生诗歌写作的成就，就是非常真实、朴素、深刻地写出了这样一个世界。

希尼的这个世界是从一草一木，一人一地，一时一事，一点一滴，非常具体地写起来，最后构筑起一座整体的大厦的。他都是从一个个具体的人、具体的事情、具体的地方写起。首先是人（麦克，铁匠——耙钉，理发匠，父亲，姑姑，小学同学，养猪老人，邻居），然后是这些人的生活，干活，切芜菁，编绳，买肉，去上学。一个地方人们生活的方方面面，整个生活方式就显示出来了。它们是一幅一幅精细的人物、风景和叙事画面，然后又共同构成一幅完整、宏大的生活风俗画卷。这是一个世界，他自己就属于这个世界，他自己就生活、劳动在这个世界之中，这是他自己的世界，他是这个世界里的小孩，小学生，年幼的儿子，成年家长，记录者。这又是时间中的一个世界。由记忆和文字从时间的流逝之中攫取出来，从流沙之中建筑起来的一个世界。这片土地（《莫玉拉》等），人们（各色人等），生活方式（各个方面，丧葬仪式等），情感，记忆，欢乐。他和他的诗有一个确定的、可辨认的基点和根系，因此它们会一再回到那里。这个世界是活生生的，不是书面的、抽象的知识分子的世界。这是一个普通人的世界，有着乡村生活中的各种行业，三教九流，主要是底层劳动的人们的生活，维系日常物质生活活动的人们。他出身和成长的所在地，他的亲人所在之地。写得非常朴素，真实。

希尼写这些诗，以这种方式这么写，是非常自觉的，他是怀抱着一种责任和使命的，是有意识地这么写的。这从他的第一部诗集《一位自然主义者之死》中的第一首诗《挖掘》就可以看出来。这是他最有名的一首诗，最开始就写出了一种个人宣言性的诗。他把自己用于写作的笔看作他爷爷挖泥炭、他父亲挖土豆的铁锨一样的工具，他置身在爷爷、父亲的传承序列中，要用自己的笔挖掘本地人们的生活。希尼作为世代农民的农村孩子，属于北爱尔兰社会受歧视的少数族群，爱尔兰天主教家庭。而这种处境又是由 17 世纪英国新教徒对爱尔兰的征服和殖民统治造成，并在爱尔兰独立时，仍留下北爱尔兰分离这一伤口。希尼对自己的文化传统的意识非常明确，他是凯尔特人，盖尔语后人，天主教徒，与学校教育中的英国文化传统不同，他们的文化传统在民间生活之中。所以他会对本地地名，家乡土地上那些古老的盖尔语地名非常敏感。希尼诗歌中的语言选择是有意如此，有意和英国文学中的英语保持某种距离，使之带有地方特色、盖尔语特色。他非常清楚自己作为一个少数族群的知识分子的责任。非常清楚自己的文化传统的边缘性，自己生活的世界的边缘处境。北爱尔兰阿尔法斯特地区在英国内部也属于边缘。希尼和他同时代的诗人们非常自觉地书写本地诗歌，发掘本地文化。这些诗人甚至按照每个人的出生地，划分出各自写作的领地，深入挖掘自己的那块地方，那块地方的风景、历史、事件。他们之中涌现了一大批非常优秀的诗人，被人称为“阿尔斯特文艺复兴”。这是一种非常自觉的、与英国诗歌传统相区别的地方化写作。希尼从 20 世纪 80 年代初就一直在哈佛大学任教，一直是当代最著名的诗人，足迹遍及世界。但他诗歌的立足点一直是爱尔兰，特别是北爱尔兰，他的出生、成长之地，他的家乡。

在当代国际化的潮流中，怎么来看待希尼诗歌根基上的地方属性这一点呢？我基本认同类似下面这样的说法：对于诗歌来说，写出一种好观念，不如写出好诗句；写出好的诗句，不如写出一种好的语言；写出一种语言，不如写出一个形象；写出一个形象，不如写出一个地方；写出一个地方，不如写出一个世界（我记得庞德说过类似的话，但记不清原话和出处。查了一下，只在他著名的文章 *A Retrospect* 中查到这一个句子：It is better to present one image in a lifetime than to produce voluminous works）[①]。这里写出一个地方的意思大概是写出某个地方的自然风貌、人物形象。写出一个世界，是写出那里人们的生活，人与人之间的社会伦理关系，人与自然的历史、审美与生存关系，就是各种地方因素之间能构成一个整体，画面变成电影一样。我们可以说一些诗人，特别是先锋诗人，写出了一些观念和诗句，他们中的杰出者，写出了一种新的语言。李清照、李煜这样的诗人写出了一个形象。陶渊明、谢灵运、杜甫、王维、希尼这样的诗人写出了一个世界。这在现代诗人中已经少见，弗罗斯特、威廉斯、希尼是这样的。而希尼的世界和他们的还有一点不一样，他是在这个世界之中，

---

① 《回顾》："一生中能塑造出一个形象胜于写出大量作品"。见 *Literary Essays of Ezra Pound*，ed. By T. S. Eliot，New Direction Publishing Corporation，p4. 郑敏和张子清对这句话的译法不同，主要是 image 译作意象和形象的差别。

而不是旁观这个世界。这是一个他曾生活其中，他的亲人在其中的世界。这种写出一个地方、时代的作家总是特别迷人。更多的是小说家的抱负和成就，从巴尔扎克宏大的“人间喜剧”开始，也有屠格涅夫那样小型的《猎人笔记》的世界，有福克纳“约克纳法塔”系列。中国作家中沈从文笔下的湘西世界透出特别的迷人气息，使他有别于其他同时代作家。在被称为后现代时期的希尼诗歌成功地写出的这样一个世界，对我们有着多重的启示和教育意义。

《区线与环线》中的诗歌在保持希尼一贯的朴素、坚实、精确的风格特点时，有了更复杂微妙的意味，可能是更深地染上了作者因时间而来的更丰富的人生滋味的缘故。这是杜甫所说的“晚节渐于诗律细”，笔力更为遒劲，自如，丰富，微妙。我们可以举《给天堂里的麦克·乔伊斯》《小型机场》《格兰摩尔的乌鸫》为例。我们来具体看看这首《小型机场》：

它首先变回杂草地，之后
再变为仓库和砖场（被称作
克里夫草地工业园），
它战时灰色的控制塔被重建装满玻璃

成了棱角分明的CEO风格别墅：
图姆机场变成了本地历史。
机库，跑道，弹药库，半桶形掩蔽棚，
周边带刺的铁丝网，都遗忘了，消失了。

但没遗失的是雏菊的芬芳
和新铺马路上热沥青的气味，1944 年
复活节星期一。还有那天下午两英里外
一年一度的图姆集市鲜亮的售货棚，

那因无法去到而更显明亮的一切。
我们没有廉价货摊，没有
风雨棚，无檐帽，或扎缎带的俗艳品：
世界在那里，而我们在别处，

不在那里，也不会去那里。麻雀可以飞落，
B-26 轰炸机没有返回，但那天空
在被征收令篡夺的土地之上
守望和等待着——就像那天我和她

在机场边守望和等待着。
一种恐慌掠过，就像夜间飞行
见光即散的翅膀在白天飞掠过
看不见的上空：她会高升起来

随那飞行员从“雷电”战机发出的召唤走掉吗?
但她那方，作为回应，只是最轻微的
后挺僵直，仍牢牢地站在大地
同时她的手向下，紧紧握住我的手。

如果自我是一种定位，那么爱也如此：

确定方位，画出标记，选定基点，
选择，固执己见，决不动摇，保持距离
在这里和那里在此刻和那时，坚守立场。

这首诗 8 节一共 32 行。前两节讲机场废弃又被改造的过程，过去的痕迹都没了，被遗忘了。接下来两节承接遗忘一词，回忆起（没被遗忘）1944 年复活节，春天的雏菊，一年一度热闹鲜艳的集市，但第四节最后一行“世界在那里，而我们在别处”，引入下面两节写机场，第五节最后一行出现“就像那天我和她”，接第六节开始，和一个年长的女子在机场边看飞机。第六节最后一行接第七节开始：我怕“她会高升起来”跟飞机上的飞行员走掉。第八节是一个议论，关于自我和爱。这首诗最让人惊讶的就是它的结构、它的整个发展过程给人带来的惊讶。每一节、每一层意思都非常具体、清晰、坚实，机场的荒废和改造，春天的集市，机场旁看飞机的情景，小孩对大人的依恋担忧。随诗歌的进程总有新的意思出现，比如，在第四节最后才出现“我们”，就是前四节完全是客观的视角，这个“我们”出现时，是一个新的事实确认。第五节最后才出现“我和她”，这个“她”也是新的信息确认。在第六节结尾和第七节开始出现“她是否会和飞行员飞走”，到第八节直接谈论自我和爱。它们的连接、转换、发展非常巧妙又出人意外。前两节的时候不会想到三四节，三四节不会想到五六七节，第八节的出现也让人意想不到。而这些意想不到，在结构和逻辑上又非常严谨，非常自然，顺理成章。最后的议论，关于定位，“确定方位，画出标记，选定基点”这些都是飞机导航的术语，写飞机导航，但又是对自我和对爱的认识的定位与导航。整个诗歌，各节都在自身的意思之内做得非常好，每节都有意思的发展，所以整个诗歌意思非常丰富，非常微妙。特别是从第一节，怎么也不会想到会有第八节那样的意思结尾。一开始写的是一个地方在时间中的变化，最后结尾却成了一首关于自我和爱的诗。在中间连接首尾的，是记忆，个人的记忆，与自我和爱相关的记忆。我们再考虑，1944 年复活节，出生于 1939 年 4 月 13 日的希尼，这时候正好 5 周岁。带他去看飞机而不去赶集的应该是他年轻的姑妈。从小带他的玛丽姑妈（他的妈妈生了 9 个孩子，一直在怀孕生孩子之中，根本没时间照看作为长子的希尼，所以希尼由他姑妈照看）一直没出嫁，住在希尼家。这里也写到了年轻的姑娘被飞行员吸引，但仍然站着不动，握紧小男孩的手。这是一首关于自我，爱和时间中的记忆的诗，它进入的方式，完全不可觉察，而它到达的结尾完全出乎意料，整首诗深情强烈又完全裹挟在事实叙述之中，情感主旨的流露真是太微妙了。

同样在《格兰摩尔的乌鸫》中，我们看到这种“晚节渐于诗律细”在表达情感的时候，所达到的深情的强度和语言简洁的程度：

我到来时，在草地上
给寂静充满生气，
但时刻准备飞离
一旦发现不对劲的举动。
我离去时，在常春藤中。

正是你，乌鸫，我爱你。

我停车，止步，小心翼翼。

呼吸。只是呼吸，然后坐下，
我曾翻译过的诗句
回来了："我要离开
去到死亡之屋，去我父亲那里

在低低的泥土屋顶之下。"

我想起有一个已经去找他了，
那个沉静的小舞蹈家——
萦绕心头的儿子，丧失了的小弟弟——
在院子里欢喜雀跃，
看到我回到家，那么高兴，

在我想家成疾的第一个学期结束时。

我想起一个邻居的话，
在那场事故之后很久说的.
"那只鸟站在棚屋顶上，
在那屋脊上站了好几个星期——
我当时什么也没说

但我一直不喜欢那只鸟。"

自动锁砰的一声
关上了，那只乌鸫的惊恐
很短暂，有一瞬

我鸟瞰见自己，
一个暗影在斜坡砾石路上

在我的生命之屋前面。

树篱间跳跃的家伙，我是巨人
对于你，你机智的顶嘴，
你每一次冷淡的复回，
你的挑剔，警觉的金色鸟喙——
我到来时，在草地上

我离去时，在常春藤中。

这首诗非常复杂丰富的意思交织在一起，非常紧密。一开始写他回到格兰摩尔，看到寂静的空房子前的草坪上，只有一只乌鸫在。他无声地和这只乌鸫一起，在人去楼空的这个地方，家的地方。然后他想起诗句，诗句讲的是去世的父亲，儿子也要追随父亲去到死亡之地。然后想到那个50多年前去世的弟弟，他已在死亡之地和父亲一起。想到这个4岁就因车祸死去的弟弟，在曾经的家里的院子里一见希尼（大哥）放假回来就兴高采烈的样子，而那个学期是他中学的第一个学期，特别想家。然后是想起那场车祸后邻居说到的事前的不祥征兆：一只鸟在他家屋顶上不声不响站了几个星期。然后又回到现实中，他锁门要走了，他又看到那只乌鸫的样子。他离开了。整个诗就是他回到格兰摩尔旧居，很快又离开。只有一只乌鸫在旧居，看到他来，看到他去。这个代表着家的旧居，这只乌鸫也就代表了家，父母兄弟姊妹亲人亲密团聚的家，如今离散死亡的家人，这只留在家所在地的乌鸫，意味着时间中变化的家的一切。这是一首极为深情、哀伤的诗。整首诗非常简洁。六个五行的诗节，间隔着六个一行的诗节。这种五行，一行，交替的发展，舒缓，停顿感，似乎给情感一个巨大的空间。对乌鸫的描写非常具体，在到来和离开的时候。但一行的诗节，在语言幅度上非常克制，就在一行，但情感非常直接："正是你，乌鸫，我爱你"，"在低低的泥土屋顶之下"，"在我想家成疾的第一个学期结束时"，"但我一直不喜欢那只鸟"，"在我的生命之屋前面"，"我离去时，在常春藤中"。后面的一行诗节，都有前一个五行诗节的回声的效果。声音与情感的回荡，萦绕之感。这是一首关于家，关于爱，关于亲人和死亡的哀歌，关于生命和家的散失和珍惜的哀歌，强烈的情感催人泪下。

事实上，这部诗集有一种哀歌的调子，有种告别的气氛。诗集的第一首《芜菁切碎机》，写的就是在时间中丧失了的事物，生命从开始到结束的必然过程。诗集整个是回忆性的，对已经消逝的少年时代的回忆。也写到死去的人，写到葬礼（《给天堂里的麦克·乔伊斯》《抬棺》），非常突出的是写到了很多逝去的诗人，塞菲里斯，米沃什，泰德·休斯，T. S. 艾略特，华兹华斯及其妹妹多萝西，W. H. 奥登，爱德华·托马斯，巴勃罗·聂鲁达。希尼似乎意识到自己也要置身在他们中间了。这些诗有一种拉长的时间，世代相传，生死绵延的感觉，特别是在关于艾略特和休斯的诗《船尾》中：

"那像什么样子，"我问他，
"和艾略特见面？"
　　"他看着你的时候，"

他说，“那就像站在一个码头上
看着“玛丽皇后号”邮轮的船头
朝你驶来，非常缓慢地驶来。”

现在似乎是
我站在一座栈桥上，看着他
同时他也在看着我，当他奋力地划着桨
一个木头造的固定船尾
挣摆着闪动着倾晃着
并没真正地前行。

这完全也是一种哀歌的调子，从艾略特到休斯到希尼自己。整个场景中，第一节有调侃意味，但又有着特别的庄严，第二节有一种梦幻般的象征：一种生和死之间没有止境的接续与绵延。《给天堂里的麦克·乔伊斯》的结尾“一个陌生人抵达了/一座单层房子，/但天堂一般/足以让人一直待在那里”，《华兹华斯的滑冰鞋》的结尾“但它们的环曲线留在冰封的温德米尔湖上/当他闪耀着沿大地的弧线脱离它的引力时/给大地留下的滑痕”，都一样进入一种时间和空间的延绵中，一种持续的静止，一种光明和永恒的天堂。当然这种调子并非低沉，哀伤。关于麦克·乔伊斯的诗，有一种非常轻松愉快的调子，是全诗集中我读起来最觉得愉快的诗，怀念米沃什的诗也具备这种调子。

这部诗集中，当前的政治性冲突也出现了，而政治问题本来就是最引人注目的问题，因为它属于公共事务。这里面最突出的是“911 事件”之后写的《任何事情都可能发生》，涉及伦敦地铁爆炸案的《区线与环线》组诗，与中东问题有关的《镜头外》，还有涉及社会生态问题的《春天的托兰人》《莫玉拉》。《区线与环线》与《春天的托兰人》规模大，线索复杂，相关的政治和历史性问题谈论的人很多，这里不多说了。当然在这些诗歌中这些问题都是以希尼独特的方式表达出来。同样，还有他一贯所写的北爱尔兰亲英国的新教徒和亲爱尔兰的天主教徒之间的对立。这种对立是心照不宣地深藏于意识的某处，直到某一刻被意识到。而希尼的表现方式也是这样，在《点头》和《小学毕业班》（三）中，希尼平静客观地捕捉住这样的时刻，这种隐藏的心理的隔膜得以展示。

整部诗集收诗不多，但细想起来特别丰富。比如那些少年回忆，《耙钉》中的教育性，《小学毕业班》的好玩。《翻找出来的散文》的纯净，《草绳》的劳动，也有《泰特街》那种美好的性爱回忆（《莫玉拉》也有性爱意味）——他一生给他的妻子也写了非常多的诗。对，《波兰枕木》也是一首特别丰富微妙的诗。总之，这部薄薄的诗集中太多的诗都值得一一展开来细细品读和讨论。

三

前面说到了我这一辈诗人受翻译诗歌的滋养可谓既深且巨，翻译诗歌一直是我们成长教育中极重要的部分。由于一贯阅读翻译诗歌所受的教益，也由于这种阅读中种种无法满足的期待与需求，还有自己的一些翻译实践的挫折与收获的体会，也包括对各种翻译理论和实践争论（翻译因为说不清而从来都是争论热点）

的一些间接听闻和粗浅了解，总之，见闻多了，我自然有一些对诗歌翻译的想法、理念或原则。这些诗歌翻译的原则性想法，有些是理想，有些是警戒，当然我也知道不能将它们教条化。在谈具体的翻译过程之前，先说一下这种翻译的自我期许（要求）吧——在实践中限于自己的才学或有力所不逮，但它们确实是我去翻译一些诗的动力。

1. 希望能译出一首诗内部的逻辑，译出一首诗在语言意义上各个层次上的关联、发展与照应，译出一首诗整体上清晰可辨的结构和意义。这是我最想做到的。因为在很长一段时间，我读到的很多译诗都不可解。这些译诗的某些单句、诗节可能非常出奇漂亮，让人惊讶，不胜敬仰。但是诗句与诗句、各个部分之间，整体逻辑混乱，搞不清楚整首诗是什么意思，为什么这么写。很长一段时间，我以为这种意思和语句的混乱、破碎，是外国现代诗歌本身的特征，是故意让人摸不着头脑，为揭示语言和世界本身的神秘难解，以致自己的写作也去追求这种“莫名其妙之妙”。后来发现，其实满不是这么回事。很多诗歌原文的逻辑非常清晰、严密，前后语言在意义上照应得非常好，且这种语言语义上巧妙的照应本来就是诗艺（也是意义）构成的核心之所在。译诗的不可解主要是理解得不透彻，不深入，翻译中没有准确地把握和传达具体词义和整体逻辑，是翻译出现的偏差。杨铁军对此有个比喻：这种翻译的不准确，就像砌墙；在每个词句稍稍偏离一点，砌到最后，整个墙就倒塌了。就是说整体意义没能建构起来，也就完全不可解了。因此，必须要有整体理解，对整体逻辑的连贯性理解了，对具体词义、句义的选择偏差才会得到修正，最终把意义之墙砌成。因此，我认为诗歌翻译必须清楚地译出一首诗的整体逻辑。这一点让我觉得对一首诗歌文本的翻译，就像对一首乐曲的演奏、演绎。一首诗最好的翻译是能清晰揭示这首诗的整个内部逻辑关系，能清晰地揭示每行诗的意义逻辑的来源、关联与发展，揭示诗歌各部分之间的层次关系与整体统一的翻译，特别是一些内容丰富、关系复杂的长诗。这如同一个伟大的演奏家，不但要理解乐曲的情感，而且要理解乐曲的情感是如何发展，如何自然地而又合乎逻辑地发展到下一内容，这些内部的激情与深思是如何形成一个意义丰富而统一的整体；要理解到每一个音符，每一个音符本身与其他音符的关系；把每个音符后面隐含的情感、音符与音符之间的关联，这些层次一一生动地揭示给我们看；洞彻这一个一个的音符自身的必要性和在整体中的作用，以及整个情感流过它时，它自身的深情，要使每一个音符后的情感富有层次，连贯而又统一。要演奏出一首乐曲内部的必要性和必然性。好的诗歌朗读也是如此，能清晰地读出情感和意义的层次和逻辑发展的必然性。我希望的诗歌翻译就是能揭示一首诗中每行诗的必要性与诗歌整体的必然性的翻译。我希望做到的是既能在细微处深入穷尽，又能在整体上清晰把握。好的翻译是把那些铺陈、连接、转折、过渡的细微之处都表达出来，差的翻译是很多地方含糊过去，只在某一句上爆发一下，就像一般人唱卡拉 OK，很多地方含糊地哼哼过去，等到最精彩的那一句，才大声唱出来。好的歌手能把整个情感的逻辑发展演唱出来，唱出情感高潮时那饱满的华彩乐句来临的必然逻辑。诗歌翻译也是如此。

2. 希望我的诗歌翻译是一种喜好和研究性结合的翻译。人们通常诟病一些学者翻译的诗歌“没有诗味”，而倡导诗人译诗。大家公认，学者译诗，对文本和诗人会有更深的理解和研究，缺点在于语言表达不好。诗人的长处在于语言表达好，但我觉得诗人并不具有天然的译诗的正当性。因为，很长时间，限于条件（人力、资料和接受条件），我们的诗歌翻译都是“裸译”，就是译者对所翻译的诗人和诗作完全不了解或了解得很少。对所译诗人和诗作的一些基本的资料都不掌握，拿着诗就译。因为诗歌的理解并非一件很容易、一望而知的事。我们现在读古诗，要深入理解的话，都必须读一些笺注，读一些历代的解读和评论，这样才能让我们自己更准确深入地理解。我觉得现在条件好多了（人力、资料、网络，而不是指报酬），诗歌翻译自然需要升级，需要从介绍性翻译转向研究性的翻译，更深入的翻译。译者对所翻译的对象要能有比较全面深入的了解，学术性的了解。但很多诗人译者并不具备这种能力。尤其是，有些诗人译诗时仗着个人过于自信的语言才华，硬解或曲解原诗词句，以个人之意逆原文之志。因为这一原因，我并不喜欢一般诗人的译诗，这些诗人译出的只是自己的诗。译诗是一件花工夫的事情，而不是逞才气的事情。诗人译出来的基本是本人的诗歌语言风格，就像他临摹了一首诗一样，没有语言上的刺激。因此，我更喜欢读一些更忠实的研究者翻译的诗，特别是资料丰富的译本。翻译实践似乎也证实了这点：那些最有成就、最有价值的翻译家通常是长时间（甚至一生）专注于翻译某一个大作家的人，比如汝龙译契诃夫，朱生豪、方平译莎士比亚。那些译很多作家，什么作家都译的人，纵使很有才华，但终究没什么大成就。因此，我觉得理想的翻译是那种能够持久地、深入地、全面地翻译三五家自己特别喜欢的、长久关注的诗人的诗。翻译的时候，能提供一些事实性的资料，像汝龙译的契诃夫小说后面的题解那样的材料。

3. 诗歌翻译只求语义的准确，全面理解的准确，不奢求各种不可捉摸的过高理想，诸如“原作神韵”，尤其是“超过原作”之类。我觉得原作究竟如何，也属理解与阐释问题，没有唯一绝对的阐释。我首先想避免的是“把诗歌翻译得像诗”那样子。这点来自我个人实际的阅读经验，这种个人经验因为一再重复而印象非常深刻。我的阅读经验一再验证：凡是宣称要追求译得如何像诗的，如何追摹原诗的，几乎都译得很差，常常把诗译成了陈词滥调，俗不可耐，令人不忍卒读。很长一段时间，我特别喜欢在一些历史文化之类的翻译著作中去找外国诗歌译作，因为在那些著作中，诗歌只是被引用来作为例证，翻译者的目的就是把意思译出来，也没想费神去把它译成诗，没有“让人一窥原作神韵”的抱负。这种用简单清晰的语言只翻译意思的诗，反而让我觉得特别有味（我买过一本《罗马风化史》，因为里面引用很多罗马诗歌。读《巴布尔回忆录》，我印象非常深刻的是补注里引用的巴布尔死后一位歌手唱的丧歌“啊呀！时间和多变的天空将在没有你的情况下存在/啊呀！啊呀！时间会继续下去，而你却没了”）。后来我想问题可能是，在现代汉语中，其实我们根本不太清楚什么样子“像诗”，或者诗应该是什么样子。那些想“把诗翻译成诗”的人，只是把诗设想成押韵和各种规定的节奏音步之类的样子。但是这样子设想出来的“像诗的诗”，在当代最优秀的诗人的写作中都罕见成功的范例。因此这种机械的构想，得到的常常是现代汉语中的反诗效果，也就一点都不奇怪了。他们没有明白，他们根本不具有现代汉语诗歌的敏感，不明白现代汉语里的诗及其形式，有待于每一次写作实践的创造与发现。但这种追求“把诗歌译得像诗”的人，会设想出要达到各种效果，原诗的语音、风格、神韵等，并认为在汉语中做到了，且有创造，并自豪地举出波德莱尔翻译爱伦·坡作为例子，谈译文如何超过原作之类。但这些人没问过自己：你在汉语之中，是波德莱尔在法语中那样的创造性大诗人吗？我知道我不是。知道我的限度在于我只能是汉语中的自己。绝不追求原诗中特有的音韵方面的效果，因为那是不可能的。也不追求“原作者附体”般的神秘传达。同时，我觉得所谓“诗歌不可译”只是故作高深的姿态性空话和废话，人类已经翻译了那么多诗。我甚至认为经不起翻译的诗就不是真正的好诗。在弗罗斯特的“诗是翻译中丧失的东西”和博尔赫斯的“伟大的作品经得起误译”，我觉得博尔赫斯更靠谱，而弗罗斯特的话，就像他诗歌中人物常说的话那样让人捉摸不透，也许他是故意这么调侃呢。总之，我只求意思尽量准确，不出大错，少出小错。其他神采之类说不清的事情，只能听天。

当然，什么事情愿望总是很好，理论原则说起来容易，实际做起来总是很难。就像什么事的结果总是简单，而过程总是很波折一样。我查了一下，翻译这部诗集的第一首诗《芜菁切碎机》是 2013 年 8 月 23 日，这是最早的开始，断断续续，完成全部诗集的最后一遍校订是 2016 年 3 月 15 日。初稿译完之后，一红校了两遍（有些篇目是三遍），小龙校了一遍。他们每校一次，返回给我，我再参考修订。这样过了七遍。其中最后一次是最彻底的修订，是最费时的一次，所费精力近乎重译一遍。终于有种放心的感觉（还有几处不能完全确定）。诗歌翻译是一件教人学会谦虚的事情，翻译希尼的诗更是如此。理由一，希尼是一个有着真正谦逊品质的诗人；理由二，希尼诗歌风格给翻译带来的特别的困难。他很朴实地让你觉得自己无知。要理解他的语言必须了解他所在的世界，必须了解太多那个小小的地方的历史地理文化语言生活生产的事情。他写他自己生活的那个特别的世界，不是个人内心自我的抒情，而是非常具体、独特的真正的劳动人民生产生活过日子的世界，不是知识分子那种表面抽象复杂，实则词汇单调的智力生活，那种公共性语言和表达方式。诗歌翻译是永远做不到完美的事情。越做越让人戒慎怀惕。感觉能够保证不犯大错，少犯小错，就非常不错了。这次翻译希尼还受到一番人生教育，就是让我深觉做好一件事情，最重要的还是认真，投入时间和精力。世界上最怕认真。多少我们认真就能做好的事情，因为不认真而做坏了，弄糟糕了。人生也是这样的。要投入的这个时间，既是计时数量上的，也是历时过程要长的，既要抓紧突击，也要持之以恒，慢慢来。有些翻译要放下来，过一阵，差不多忘了再看，像是新看到一样，才会有不同的理解，突然明白原来怎么也不明白的东西。前几次不太明白的，这次好像一下子明白了。需要时间，需要时间。像酿酒一样。有些东西靠轩，靠一下子还是做不成，不论一下子投入多大。需要一个过程，变化的过程。正是因为这点，我因为拖延太长时间而感觉对不起小龙的内疚之心，也有所补偿，觉得有所得，甚至觉得庆幸，要不拖到这时候，一些错处就不会这样改正了——在写这篇后记分析一些诗的时候，我又改动了几处翻译。

这次翻译最大的体会是，平时阅读中含糊或忽略的那 5%甚至 1%，决定某一翻译的工作量（含金量）。因为翻译中，只需 15%甚至更少的时间就能读明白 85%甚至更多的内容，一般阅读也就差不多了，但翻译要求 100%的理解，做到全部透彻地掌握，为了弄清楚剩下的 15%甚至更少的内容，需要你付出 85%甚至更多的精力。这是一件非常考验耐心的事情。要解决的是疑点、难点问题，最主要的还是准确、透彻理解的问题，而不是人们热衷于一较长短的表达问题，这可能是初译、难度大的翻译和一般的没有理解难度的重译（比如叶芝的《当你老了》之类）之间的区别。举几个这样的例子。例 1，诗集的第一首“The Turnip-Snedder”(芜菁切碎机)。这诗一读你就知道写的是过去时代里的那么一个手工操作的加工芜菁（萝卜一样的大头菜）的工具，知道写的是这个工具安置在地上，切碎芜菁的过程。要是能看到这个工具什么样子，就能切实地了解这个加工过程，能想象诗歌所写的那个劳动的空间，也就能更准确地理解这些诗句。希尼的访谈录里谈到了这首诗的触发点来自他参观画家休伊·奥唐那修（此诗就是题献给他的）的一次展览时所见到的一张老照片。于是我开始找这种切碎机的材料。在网上各种搜索和查找，在各种卖加工机械的广告中最后终于找出了那张照片。希尼在艺术展上看到的照片，发黄的照片，一个孩子站在那，右手搭在一个铁家伙上面，身后是凌乱的芜菁堆、杂草和树丛。悲剧的是，我后来发现那张照片其实就是这本诗集的美国版精装本的封面！但你只有花费大量的时间之后才能弄懂这么个很简单的事实。从这个过程中读到的材料，也让你明白这个切碎芜菁的活在当时北爱尔兰农村的意味。你因此不仅是读明白，而且像是熟悉了这首诗所写的一切一样，熟悉希尼诗歌背后这一个活生生的世界。例 2，《给冥间的塞菲里斯》中有两个斜体词：*seggans* 和 *aspalathoi*，怎么也查不到。*seggans* 出现过两次，在第一节：That greeny stuff about your feet/is asphodel and rightly so，/But why do I think *seggans*？和最后一节：And for me a chance to test the edge/of *seggans*，dialect blade/hoar and hard... 第一节诗的意思很明确，里面这个斜体单词 *seggans* 应该是和 asphodel（水仙花、希腊神话乐园里的常春花）相对应的一种植物。这究竟是什么植物呢？最后一节诗中这个词的用法表明这种植物是一种叶子像刀片一样粗粝坚硬的植物，且这个词是一个方言词。这个词怎么也查不到，或者没法确定。直到最后校订时，终于查到一篇文章 *Seamus Heaney*，*Derek Mahon and George Seferis*[①]，里面非常清楚地说：the word seggans，which in Ulster Scots designates a species of wild iris。这个词是阿尔斯特（北爱尔兰地区的盖尔语名称）的苏格兰语，指一种野生鸢尾。明白了希尼为什么在第一节中这么写：百合属的（asphodel）或鸢尾属的（seggans），都像剑，有着共同的名称，如“国王之矛”（asphodel），“短剑”“雅各布之剑”（seggans）；都有“剑”的词根（sedge and seggans）；知道希尼这首诗中写到这些植物的意思：gorse（金雀花），（bog）asphodel（水仙、常春花）和 sedge（莎草）是爱尔兰和希腊的典型植物。这些植物（aspalathoi and gorse）都是荆棘丛之意；这些植物（asphodel，seggans，aspalathoi）与死亡有关联。知道了希尼把爱尔兰的现实放在希腊的历史结构之中进行表述。其他爱尔兰诗人，如德雷克·马洪和麦克尔·朗利，也这样使用过 gorse 和 asphodel。同样，*aspalathoi* 这个词也查不到，但它在 they flung him down and flayed him，/gashing his flesh on thorny *aspalathoi* 这个句子中意思很明显，是一种带刺的东西。通过上面那篇文章，知道这是一个拉丁字母转写的希腊语单词，让一个同学在希腊语中查了一下，查到了（ασπαλαθοs，古希腊语，阳性复数主格形式，一种产芳香油的灌木，骆驼毛似的荆棘，拉丁名

---

① *The Playful Air of Lightness in Irish Literature and Culture*. Ed. Marta Goszczynska and Katarzyna Poloczek. Newcastle：Cambridge Scholars Publishing，2011. pp17—29.

Alhagi maurorum)。希尼故意保持它的原文（塞菲里斯诗歌英译者 Edmund Keeley 有意这么做的，其他的译者把这个词译为英语了），而不是翻译成英语的 gorse 或 caltrop（蒺藜）。知道这首诗题引中关于将一种带刺黄花称作 gorse 还是 caltrop 的争论与希腊独立之后的语言分歧有关：有人主张使用受长期占领的土耳其影响的俗语，有人主张使用未受土耳其影响的古代典雅的希腊语。爱尔兰摆脱英国的统治获得独立之后也有这样的语言问题。这里的语言问题，既是历史问题也是政治问题，同时还是情感和心灵问题。知道带这个词的诗句，是希尼引用塞菲里斯一首诗 *On Aspalathoi ...* 中的句子，塞菲里斯诗中的这一段又是引自柏拉图《理想国》616a。我查了手中的 *George Seferis Collected Poems* 找到了这首诗 *On Aspalathoi ...* 。我又查了手头有的李野光译的塞菲里斯诗集《画眉鸟》，找到了这首诗，他音译为“在阿斯巴拉索伊上……”，他可能在英语中没查到这个词，或没去希腊语中查它的意思（它的汉译下保留了英译本的注，指明这首诗出自《理想国》616a）；或者他是有意保持英译中的音译。但这样在汉译中这个词的意思就完全不知道了。也许还是应该义译为“在荆棘丛中……”。我又查了手头有的《理想国》译本 616a 段，王杨译注《理想国》，王太庆译《柏拉图对话集》，王晓朝译《柏拉图全集》第二卷，Benjamin Jowett 所译 *The Complete Works of Plato*，*Volume II*。三种汉语译文中，王杨译为“用荆棘刺破他们的肌肤”，王晓朝、王太庆都译为“用荆条抽打”。王杨准确译出了“荆棘”一词，王晓朝和王太庆都把“棘刺”译成了“荆条”，动词变成了“抽打”，估计受古代负荆请罪联想的影响。但这里的刑罚可怕得多，是“在荆棘丛中把他的皮肉撕挂成碎片”。两种英语译文都是荆棘的意思，但塞菲里斯诗歌的英语译文保持了这个词的希腊语原形，aspalathoi，李野光也音译了这个词。Benjamin Jowett 译为 thorn。花费这么大量时间，算是彻底弄清楚了这两个词。

再举一个例 3，《小型机场》的翻译。这是一个如何理解一首诗的整体逻辑的例子。这首诗前两节毫无问题，废弃的机场，原来的样子如何改变了，消逝了。第三节也没问题，承接前面消逝的一个转折，讲记忆中没消逝的东西：1944 年复活节，那里雏菊的芬芳，新铺路面的沥青味，两英里之外一年一度热闹的图姆集市（相当于我们的庙会）。这都是外部客观描写性的东西。但第四节开始凌乱了，出现了主观性的感受、判断和前面的客观事实的交缠，出现了“我们”，而无从判断这个“我们”是什么样的我们。尤其从具体情境中抽离出一个普遍适用的空灵性感叹和议论：wherever the world was，we were somewhere else，/had been and would be. 这个空灵的富含多重含义的句子，不知具体所指，其意义无法确定，只能模糊着。第五、六、七节，出现了飞机，我和她，站在机场边，天空的飞行员，空中和地面，等等，这些事实和比喻。我和她是什么关系，他们在机场干什么，那些机场上的飞机是什么意思，飞行员和她是什么关系，这些都不清楚，因此对那些具体的词句，在色彩和意义上也无法确定。词句无法确定，那整体意义就更无法把握。一些词句的含义在这种模糊性背景中，让人猜想是不是有政治和性的暗示。特别是第八节显得非常突兀，怎么就来了这么一节议论：If self is a location，so is love：/Bearings taken，markings，cardinal points，/Options，obstinacies，dug heels and distance，怎么就谈到自我和爱去了？就来了这一串并列的单词表？location 是地点，位置，和自我与爱什么关系？好吧，我差不多都按词义把这首诗译完了，但心里还是没法确定。

然后放下了。在几次修订中，各种可能性考虑得更清楚了。直到最后，突然明白 location，在这里做定位，定位点，后面的单词表都是航空定位的术语和人的态度（前一节她的表现）。于是明白了它和前面的机场、飞机和飞行员的关系，明白了诗中我和她，她和飞行员的关系。明白了 1944 年复活节，表明了这时我是个 5 岁孩子，是希尼，是希尼和他姑妈一起，姑妈要去看飞机，而没带他去赶他特别想去的图姆集市。开始一直不知道这个“我”和她是什么关系，他们站在一起，“我”担心，最后她握住“我”的手是什么意思。这样整首诗就贯通了。他们在机场，因此不能同时在集市，而我心里想的一直是去集市，但我又担心失去她，担心她会随飞行员走掉。这都清楚了。整首诗的翻译困难，在于它的简洁、巧妙和复杂，不是一看就知道整个诗会怎么发展、怎么结构的那种。它在每个层面的发展都给出新的意义内涵，然后整体结构起来。因为新颖，超出了阅读的预先判定。没有了阅读的预先引领，而无法准确理解诗歌的细节。就诗艺来说，这真是非常漂亮。每一部分意思在出现的时候才出现，一层一层的意思非常高效率地在最后构成一个整体。这种理解，不涉及词句的词典意义，而在于这些诗句的构成关系，在于诗意之所在。所以这种理解近乎一种领悟，某一刻你突然开窍，把一切贯通起来，领悟到它整体的意思。这次翻译中这三种例子都很多。

四

这部诗集能译成这样，要感谢好些人。首先要感谢的是胡一红女士的校对和各方面的帮助。现在国内的翻译，可能最大的问题就是没有好的校对。合格的校对太难得了，首先是水平要好，不比译者差，然后是有时间，然后还要有耐心和热情来做这样的事，这是很繁琐的事情。还有，不计报酬，因为这样的校对是零报酬。现在国内有这样水平的人，谁能有这么多时间和耐心啊，每个人自己的事都忙得要死。我译的毕晓普诗《麋鹿》在发表前，特别请伟驰帮我校对过一次，但心里特别不安，不好意思。因为我知道自己就肯定没有大量时间帮朋友去校对。这时候能遇到一红这样的译校实在太幸运了！一红毕业于北京大学地球物理系，后赴海外，现在新加坡做气象学家的工作。她为不少人义务做了很多译校工作。她不仅有一般校对者的外语能力，还有科学家擅长的资料搜索能力，还有着慈善家一般的慷慨。因此，她除了校对，还帮我查找、寄赠了很多资料（我的十三册一函的费伯版全套的希尼诗和译诗集就是她送我的）。还有，她自己非常热爱希尼的诗，是希尼迷，对希尼有深入的了解，我和她开玩笑，称她现在是华人世界资料最全的“希尼专家”。她非常认真，不仅校对，还督促我，追问我。我一松懈好像就能感觉到来自她的责备。在校《草绳》时，她一直想查到那种编草绳的工具。我觉得已经理解透了，她还不放心，还一直发给我各种机械图样。我一直没见过她，只是通过朋友介绍，在网上和她有联系，却有如像铁军、伟驰这样多年的好朋友一样的感觉。有她做这些翻译的“质检员”，我觉得轻松放心多了。我提议过署名时署我译她校，但她一口拒绝（她此前给我校过我翻译的《巴黎评论》上的毕晓普访谈录和《哥伦比亚美国诗歌史》中弗罗斯特的一章）。我很高兴有机会在这译后记中表达对她的感谢。我相信在每一项文化事业中都有一红这样默默奉献的美好心灵的存在。正是这些美好的心灵赋予了也显明了这些工作的价值和意义。

这项工作能完成，当然要感谢吴小龙先生。他推动广西人民出版社买来了希尼诗集和访谈录的版权，并找来了高水平的译者，遂了我进行深入全面的大规模希尼作品的汉译的心愿。他对这部诗集译稿所做的核校工作，极为认真细致，让我惊讶，受益匪浅。我也要感谢在 GSU 访学时的合作导师 LeeAnne Richardson 教授，她知道我在翻译希尼时，专门安排我们每周一次在她的办公室讨论希尼。印象最深的是我们讨论《波兰枕木》那首诗。这首诗就两个句号，由两个长句构成。她帮我分析第二个长句的结构，指出这首诗的第一行：Once they'd been block-built ciriss-cross and four-squared 其中 block-built ciriss-cross 的声音效果，我告诉她这是不可能在翻译中体现出来的。她的友好令人难忘。我还要感谢的是一个网站 http://fawbie.com，英国一个退休的希尼诗歌粉丝建立起来的。上面有对这部诗集的每一首诗的解说。这些解说的指向性，对我有莫大的帮助。其他还有很多的帮助我都记在心里，不再一一道出，这个译后记已经太长了。

翻译过程中还有一段极为愉快难忘的经历。那就是研究生同宿舍住了 3 年的我和铁军，没想到毕业 20 年后，又一起在他亚特兰大的家里住了 4 个多月，得到他生活方面的很多照顾和嘲笑。工作日每天一起，早出晚归驱车 100 公里，路上聊天听收音机，晚归车上我常强忍着瞌睡。几乎每天去家附近的河谷森林里散步，周末去更远的森林里徒步。那时他也在译希尼的另一部诗集《电灯光》(还有其他两位希尼的译者是水平很高的诗人王敖和黄灿然，让我感觉很荣幸)，他经常催促我。我们众多的谈话中，也包括关于希尼诗歌的交流。那些谈话具体的都记不清了，只留下非常愉快的总体感觉和印象。

总之，翻译希尼这部诗集对我这种没耐心，从小就养成囫囵吞枣的阅读习惯的人是一种考验（教育）。现在不管怎么说，把它做完了。这只不过是件小事，并没有多了不起，但它是我少有的认真做完的一件事。包括写这篇这么长的译后记这种苦差事，都做完了，现在真是感觉满心喜悦。想年轻时给人做翻译枪手，信誉很好的快枪手，译过各种东西，幸亏合作的哥们出事了，也就没再做那种事了。那时候会想什么时候能认认真真地翻译一个自己真正热爱的东西啊。现在真的做了，做完的感觉真是愉快极了！当然即使在这最高兴之时我也知道翻译是件最容易出错的事情，不对之处祈望读者多批评指教！

雷武铃

2016 年 5 月 2 日

桂图登字：20-2014-155

图书在版编目（CIP）数据

区线与环线 /（爱尔兰）希尼著；雷武铃译 .—南宁：广西人民出版社，2016.7（2021.7 重印）
（希尼系列）
ISBN 978-7-219-09870-7

Ⅰ. ①区… Ⅱ. ①希… ②雷… Ⅲ. ①诗集—爱尔兰—现代
Ⅳ. ① I562.25

中国版本图书馆 CIP 数据核字（2016）第 090044 号

区线与环线
QUXIAN YU HUANXIAN
［爱尔兰］谢默斯·希尼 / 著　雷武铃 / 译

责任编辑　吴小龙　许晓琰
责任校对　李亚伟
封面设计　刘　凛
责任排版　梁敏芳

出版发行　广西人民出版社
社　　址　广西南宁市桂春路 6 号
邮　　编　530021
印　　刷　恒美印务（广州）有限公司
开　　本　889mm × 1194mm　1 / 32
印　　张　4.5
字　　数　109 千字
版　　次　2016 年 7 月　第 1 版
印　　次　2021 年 7 月　第 2 次印刷
书　　号　ISBN 978-7-219-09870-7
定　　价　46. 80 元